温庭筠词集 韦庄词集

［唐］温庭筠 著

［唐］韦 庄 著

聂安福 导读

上海古籍出版社

图书在版编目（CIP）数据

温庭筠词集·韦庄词集/（唐）温庭筠著，（唐）韦庄著；聂安福导读.—上海：上海古籍出版社，2010.8（2019.5重印）
ISBN 978-7-5325-5659-5

Ⅰ.①温… Ⅱ.①温…②韦…③聂… Ⅲ.词（文学）—作品集—中国—唐代 Ⅳ.I222.842

中国版本图书馆CIP数据核字（2010）第140923号

温庭筠词集·韦庄词集

［唐］温庭筠 著
［唐］韦 庄 著 聂安福 导读

上海世纪出版股份有限公司 出版发行
上海古籍出版社
（上海瑞金二路272号 邮政编码200020）
（1）网址：www.guji.com.cn
（2）E-mail:guji@guji.com.cn
（3）易文网网址：www.ewen.co

发行经销 新华书店上海发行所
制版印刷 上海丽佳制版印刷有限公司
开本 889×1194 1/36
印张 5 2/36 字数 100,000
印数 20,101-23,400
版次 2010年8月第1版
2019年5月第8次印刷
ISBN 978-7-5325-5659-5/I·2229
定价 22.00元

晚唐温庭筠（约801—866）、韦庄（约836—910）为早期文人词代表作家，词作大都见录于现存最早的文人词总集《花间集》，在词史上并称"温韦"。

一

温庭筠，字飞卿，本名岐。（庭筠，又作廷筠、庭云。夏承焘《温飞卿系年》疑其"本名庭筠或庭云；字'飞卿'，则当作'云'；被辱后乃改名岐，旋复本名。飞卿弟名庭皓，其一证也"。）祖籍并州祁县（今属山西）。史称庭筠貌丑，号"温钟馗"。

庭筠出身于官宦世家，先祖大雅（字彦弘）、彦博、大有（字彦将）兄弟三人均为唐朝开国功臣，位列卿相。唐太祖曾对大雅兄弟说："我起义晋阳，为卿一门耳。"（《旧唐书·温大雅传》）庭筠在《书怀百韵》诗"采地荒遗野，爰田失故都"句后特作注明："予先祖国朝公相，晋阳佐命，食采于并汾也。"大雅官至礼部尚书，封黎国公；彦博官至尚书右仆射，封虞国公，在家乡并州有采邑。但其身后家道渐趋中落，子孙后代不断迁移他乡，家族的并州采邑一片荒野，身为彦博裔孙的温庭筠感慨系之。

庭筠自称"弱龄有志"(《上杜舍人启》),当与其自幼受到的家族影响有关。虽说温大雅、彦博之后,温氏家族名望渐衰,但仍为官宦世家。温庭筠在《书怀百韵》中不无自豪地自述家史:"奕世参周禄,承家学鲁儒。"世代奉儒守官,如温大雅之子温无隐官至工部侍郎、五世孙温造官至礼部尚书,温彦博之子温振官至太子舍人、温挺官至延州刺史,曾孙温曦官驸马都尉。其中尚有数人与皇室联姻,即温挺娶高祖女千金公主,温曦娶睿宗女凉国长公主,温西华娶玄宗女平昌公主。或许可以说,特定的家世背景使温庭筠意识到效命唐王朝是其当然职责,对其仕宦前程充满期待。

然而,温庭筠的现实人生并不如意。成年之前家居江南,今人考证其本人占籍,有无锡、吴中(今苏州附近)两种说法(参见陈尚君《温庭筠早年事迹考辨》)。童年时曾拜谒进士及第初入仕途的李绅。数十年之后,科场失意的庭筠向身为淮南节度使的李绅献诗"感旧陈情"时,开篇即追述说:"嵇绍垂髫日,山涛筮仕年。琴尊陈座上,纨绮拜床前。"(《感旧陈情五十韵献淮南李仆射》)"垂髫日"、"纨绮",均指少年。史载山涛(字巨源)与嵇康交善。后嵇康被陷害,临刑前对十岁的儿子嵇绍说:"巨源在,汝不孤矣。"(《晋书·山涛传》)嵇绍二十八时因山涛荐举而入仕。庭筠诗中以嵇绍自喻、以山涛喻李绅,又称"感深情怅恍,言发泪潺湲",难以言表的身世忧伤充溢于字里行间。很有可能当年的相见,庭筠的父亲对李绅有所请托，后不幸早逝，故而庭筠感今追昔，涕泪涟涟。庭筠年少时的一则轶事也透露出其早年的不幸。孙光宪《北梦琐言》卷四引述庭筠外甥沈徽称："温舅曾于江淮为亲表楗楚。"楗楚，即鞭打。《玉泉子》对此事有较详细的记载："温庭筠有词赋盛名。初从乡里举，客游江淮间。扬子留后姚勖厚遗之。庭筠少年，其所得钱帛多为狭邪所费。勖大怒，笞且逐之。以故庭筠不中第。"（狭邪，指歌楼妓院。）庭筠因此名誉大损，科场屡试不第。多年后，其姊见到姚勖仍恨之切齿，拽其衣袖大哭道："我弟年少，宴游人之常情，奈何笞之？迄今遂无所成，安得不由汝致之？"应举而需亲友资助、长姊的深切疼爱，似乎也左证了庭筠的孤贫身世。

温庭筠虽早有经济怀抱，但终身未第，前后十年左右的仕宦生涯，主要任职地方幕僚，难有作为。其一生大部分时光都在漫游、求仕、应举、闲居中度过。其漫游足迹所历除京城长安及家乡江浙一带之外，尚有蜀中、湖南、湖北以及边塞绥州（今陕西绥德）等地。游历的同时也是在求仕，因而不断有干谒之举，其存世之文多为此类作品，如其《上杜舍人启》所说："必由贤达之门，乃是坦夷之径。"虽然干谒之举收效甚微，但依然信心坚定："自知终有张华识，不向沧洲理钓丝。"（《题西明寺僧院》）

干谒之外，应举也是求得"张华识"的重要途径。在科场上，温庭筠屡败屡试，其中有一次堪称功败垂成，即开成四年（839）秋通过京兆府考试，荐名第二，可谓成功在即。（据《唐摭言》卷二"京兆府解送"条，获京兆府荐名者"谓之等第"，中第概率为十之七八。）温庭筠颇引以为荣，在《书怀百韵》、《感旧陈情五十韵献淮南李仆射》中两度言及并作自注。然而他却成了开成四年京兆府荐名中唯一的罢举者，自称："二年抱疾，不赴乡荐试有司。"（《感旧陈情五十韵献淮南李仆射》自注）学者据诗中情调及当时的政局，指出庭筠放弃礼部考试，实为忧谗畏讥、远祸保身之举（参见陈尚君《温庭筠早年事迹考辨》）。其后，大中年间（847—859），温庭筠又多次应举均告失败，却流传着考场替人作赋的舞弊劣迹。《北梦琐言》卷四谓其"才思艳丽，工于小赋。每入试，押官韵作赋，凡八叉手而八韵成。多为邻铺假手，号曰'救数人'也。"大中九年（855），终因代人作赋应吏部博学宏词科考试之事暴露，次年贬隋县（治所在今湖北随州）尉，至襄阳（今湖北襄阳），山南东道节度使徐商延入幕中任巡官。

大中十年（856）至咸通三年（862），庭筠先后在襄阳徐商、荆州（今湖北江陵）萧邺幕府任职，与僚友段成式（字柯古）等宴游唱和。段氏《嘲飞卿》有云："曾见当垆一个人，入时装束好腰身。少年花蒂多芳思，只向诗中写取真。""知君欲作《闲情赋》，应愿将身作锦鞋。""愁生半额不开靥，只为多情团扇郎。""多少风流词句里，愁中空咏早环诗。"又有《柔卿解籍戏呈飞卿》三首。庭筠《答段柯古见嘲》云："尾生桥下未为痴，莫雨朝云世间少。"又有戏谑之作《光风亭夜宴妓有醉驱者》。这些诗作展示出温庭筠宦游襄阳、荆州的某些生活场景，也显露出其多数词作的创作背景。

离开荆州回到长安，庭筠在鄠郊（今陕西户县附近）家中闲居了两三年，咸通六年（865）任国子监助教，次年主持国子监秋试，并将合格者所纳“声词激切”诗作榜示于众（参见刘学锴校注《温庭筠全集校注》卷十一《榜国子监》）。或许因所榜诗作触犯权要，庭筠为此获罪，贬方城尉而卒。

韦庄，字端己，谥文靖。京兆杜陵（今陕西西安市东南）人。

和温庭筠相似，韦庄也拥有显贵的家族，先祖中如韦待价为武后时宰相、韦见素为玄宗时宰相、高祖韦应物官苏州刺史等，但曾祖以下数辈均寂无声望，仕历无考。

韦庄的少年时光是在长安、下邽（今属陕西渭南市）度过的，无忧无虑、无拘无束的生活在其心中曾留下难以忘怀的美好记忆：“御沟西面朱门宅，记得当时好兄弟。晓傍柳阴骑竹马，夜隈灯影弄先生。”（《途次逢李氏兄弟感旧》）“昔为童稚不知愁，竹马闲乘绕县游。曾为看花偷出郭，也因逃学暂登楼。”（《下邽感旧》）然而这段天真漫浪的生活过后，韦庄便开始了应举落第、颠沛流离、坎坷困顿的人生道路。

大概二三十岁时，韦庄或因科举受挫而潜心力学，曾在虢州度过了十年左右的村居生活。咸通二年

（861）入京应举再次失败，后辞家泛潇湘、游江南。

广明元年（880）十二月，黄巢军攻入长安。正在京城参加科举考试的韦庄亲历战火，后逃至洛阳，写下长达四千四百多字的著名叙事诗《秦妇吟》，借一位逃出长安的女子即"秦妇"之口，正面描述黄巢军攻占长安、称帝建国及其与唐军拉锯争夺、困守绝粮等情形，以宏伟严整的结构展现历史巨变的重大题材，在唐诗中堪称绝唱。

中和三年（883）春夏之交，韦庄自洛阳赴润州（治所在今江苏镇江）入镇海军节度使周宝幕府，开始了为期十年的避乱生涯。光启元年（885）十二月，唐僖宗为河东节度使李克用所逼出奔兴元（今陕西汉中市）。韦庄奉命前往陈仓（今陕西宝鸡市）迎驾，未入关辅而为兵乱所阻，折道山西返回金陵。光启三年，镇海军乱，周宝被逐。韦庄南下客居越州（治所在今浙江绍兴市）、婺州（治所在今浙江金华市），深感异乡流落之悲："天涯方叹异乡身，又向天涯别故人。"（《东阳酒家赠别二绝句》其二）"若见青云旧相识，为言流落在天涯。"（《送人归上国》）"避世移家远，天涯岁已周。"（《避地越中》）

大顺二年（891），韦庄辞越游江西、湖南，次年入京应举未中。乾宁元年（894）再试及第，虽已年近六旬，但对唐王朝的复兴及其自身前程依然充满自信，在《与东吴生相遇》诗中说："且对一樽开口笑，未衰应见泰阶平。"

及第后五六年间，韦庄历任拾遗、补阙等要职，个人仕途可谓顺达，然而国家面临的却是藩将割据争雄、朝廷形同虚设的残酷现实。乾宁四年（897），西川王建攻打东川，韦庄以判官随谏议大夫李洵奉诏入川和解未成，亲身感受到藩将对唐王朝的轻视，但其本人却得到王建的赏识。三年后，即天复元年（901），韦庄应聘入蜀任王建掌书记。此后直到去世，韦庄仕蜀十年间，为王建扩展势力，建立大蜀政权出谋划策，官至门下侍郎兼吏部尚书同平章事（即宰相）。武成三年（910）卒于成都，享年约七十五岁。

三

　　温、韦均家世显赫，才华过人，追求功名，然而家道败落，又生当晚唐多事之秋，二人在功业方面实无多建树，留给后世的主要是其杰出的诗词作品。

　　温庭筠文辞敏捷，著称当时，诗文与李商隐并称"温李"，又合段成式号"三才"。三人皆行十六，时称其文为"三十六体"。然而三人之中，温庭筠独以精通音律、倚声填词闻名，史称其"善鼓琴吹笛，云有弦即弹，有孔即吹"（《唐才子传》卷第八），"能逐弦吹之音，为侧艳之词"（《旧唐书》本传）。王士禛说："温李齐名，然温实不如李。李不作词，而温为《花间》鼻祖，岂亦同能不如独胜之意耶？"（《花草蒙拾》）后蜀赵崇祚编成于广政三年（940）的《花间集》为最早的文人词总集，录温庭筠词作六十六首，陈振孙称之为"近世倚声填词之祖也"（《直斋书录解题》卷二十一），黄昇又谓温词"宜为《花间集》之冠"（《唐宋诸贤绝妙词选》卷一）。王士禛的"温为

7

《花间》鼻祖"之说或源于陈、黄之论，概括了温词的特色及其历史地位：温为第一位大量倚声填词的文人，堪为"填词之祖"；温词在《花间集》中不仅数量最多，其题材内容及风格情调亦堪称花间派之代表。

温庭筠现存词作约七十首，题材以男女之情、离愁别怨为主，词境风格上的基本特点，一是词藻较艳丽，二是词中意象情事较繁密，三是言情多隐约婉曲，词作中极少直抒情怀之笔，而常常以冷静客观的描述展现出词中人所处实境或梦境及其容颜妆饰、情态举止，其情怀心境即隐含其中。《花间集》所录《菩萨蛮》十四首、《更漏子》六首、《南歌子》七首等都体现出这些特色，其中《菩萨蛮》为后世所公认的温氏代表词作，其首阕传诵最广：

小山重叠金明灭，鬓云欲度香腮雪。懒起画蛾眉，弄妆梳洗迟。　　照花前后镜，花面交相映。新贴绣罗襦，双双金鹧鸪。

词作给读者的直观印象是色泽艳丽，"金明灭"、"香腮雪"、"花面相映"、"金鹧鸪"等用语耀人眼目。透过字面品味词境，一位慵懒晚起的女子梳洗画眉、照镜弄妆、戴花穿衣的全过程，逐次呈现。词作空间背景未出女子闺房，词笔亦未离开女子的容颜妆饰及举止情态，而"懒起"、"弄妆梳洗迟"、"照花前后镜"等笔致中则隐含着深深的幽怨自怜之情。末句"双双金鹧鸪"浓墨重彩，点醒全篇，一位盛年独处、惆怅哀怨的女子形象浮现于读者眼前。全词用笔细致，一个个画面（梳洗、画眉、弄妆、照花、穿衣等）连贯成情事脉络，加之起、结处的重彩辉映，令词

温庭筠词集

境显得丽而密。

　　温词藻饰绮丽与其词笔多黏著于女子容颜服饰及其闺阁装饰有关。其词作中用“金”字约三十处，用“红”字、“翠”字各近二十处，如“画屏金鹧鸪”、“画罗金翡翠”、“翠钗金作股”、“玉钩褰翠幕”、“翠翘金缕双鸂鶒”、“翠钿金靥脸”、“金雀钗，红粉面”、“宿翠残红窈窕”等等，都是对女子妆饰、服饰的描绘。周济《介存斋论词杂著》所称“飞卿严妆也”，王国维《人间词话》所谓“‘画屏金鹧鸪’，飞卿语也，其词品似之”，即针对温词字面色泽而言。

　　就抒情笔法而论，温词多含蓄婉曲，以客观描述为主，仅用一两句显露词情，且多在结末，有摇荡词境之效。如其十馀首《菩萨蛮》中，“江上柳如烟，雁飞残月天”、“烟草黏飞蝶”、“柳丝袅娜春无力”、“牡丹花谢莺声歇，绿杨满院中庭月”、“杨柳又如丝，驿桥春雨时”、“雨后却斜阳，杏花零落香”、“竹风轻动庭除冷，珠帘月上玲珑影”等场景描绘，“双鬓隔香红，玉钗头上风”、“宿妆隐笑纱窗隔”、“绣衫遮笑靥”、“无言匀睡脸”等妆饰、情态描写，都隐约映衬或透露出词中女子的情怀，而“玉门音信稀”、“人远泪阑干，燕飞春又残”、“燕归君不归”、“此情谁得知”、“无憀独倚门”、“凭阑魂欲销”等结句则使全词情感暗流溢于言表，令词境摇曳回荡。又如下面两首名作《更漏子》：

　　　　柳丝长，春雨细，花外漏声迢递。惊寒雁，起城乌，画屏金鹧鸪。　香雾薄，透帘幕，惆怅

9

谢家池阁。红烛背，绣帷垂，梦长君不知。

玉炉香，红蜡泪，偏照画堂秋思。眉翠薄，鬓云残，夜长衾枕寒。　　梧桐树，三更雨，不道离情正苦。一叶叶，一声声，空阶滴到明。

由于词调长短句式的错落有致，二词节奏较《菩萨蛮》跌宕疏快，但其笔触依然以客观描述为主，或从室外写到室内，或从室内写到室外，仅以"惆怅谢家池阁"、"梦长君不知"、"夜长衾枕寒"、"不道离情正苦"数句点出惆怅相思之人，其孤寂愁苦之情则隐含于所处环境氛围之中。

对于温庭筠《菩萨蛮》等词作的解读，有必要提及清代常州词派颇有影响的比兴寄托说。陈廷焯《白雨斋词话》卷一谓温词"全祖《离骚》"，并特别称誉"《菩萨蛮》、《更漏子》诸阕，已臻绝诣，后来无能为继"。此说源于张惠言，其《词选》卷一评温氏《菩萨蛮》（小山重叠金明灭）中"照花前后镜"四句："《离骚》'初服'之意。"《离骚》中"进不入以离尤兮，退将复修吾初服。制芰荷以为衣兮，集芙蓉以为裳。不吾知其亦已兮，苟余情其信芳"数句，抒发怀才不遇而独善其身之情。张、陈二人之评即谓温词，尤其是《菩萨蛮》诸阕，寄寓着词人怀才不遇的幽怨之情，也就是张氏所说的"感士不遇也"。赞同此说者尚有著名词学家谭献、吴梅等。王国维则不以为然，谓温氏《菩萨蛮》乃"兴到之作，有何命意？"斥张氏"深文罗织"（《人间词话》）。今人大都认同王说。叶嘉莹先生指出张氏诸人"牵附立说"的同时，进而对其立说原由从温词特色上作出分析：一则温词物象多精美，极易令人生发托喻之联想，犹如司马迁称屈原"其志洁，故其称物芳"；二则温词所写闺阁女子情思，暗合中国古典诗歌中以女子为托喻之传统（参见《灵溪词说》）。张惠言的词学创作观念正承袭了这一传统："极命风谣里巷男女哀乐，以道贤人君子幽约怨悱不能自言之情，低徊要眇，以喻其致。"（《词选序》）叶先生揭示的原由之外，有关温氏《菩萨蛮》的创作背景纪事，恐怕也是张氏"感士不遇"说的一个依据。《北梦琐言》卷四记载："宣宗爱唱《菩萨蛮》词，令狐相国（绹）假其新撰密进之，戒令勿泄。而遽言于人，由是疏之。"《乐府纪闻》载此事云"令狐绹假温庭筠手撰二十阕以进"，《词苑丛谈》卷六转录称"令狐丞相托温飞卿撰近"。据此，《菩萨蛮》诸阕，乃温氏所撰而由令狐绹进献唐宣宗之作。考令狐绹居相期限及温氏经历，其时当在大中后期（850—859），正值温氏屡试不第。一位追求功名、才华杰出而科场失意的文人，在进献皇帝的词作中寄托怀才不遇之怨情，自在情理之中，而词中女子幽怨情思又与男女喻君臣之传统相合。如此说来，张氏的解读确非无故。然而一种情思，其事由可以多端，幽怨之情并非必然缘于怀才不遇，诗词中男女之情也非必然拟比君臣之义，词体初入文人之手，大都为酒筵歌席娱宾遣兴之作，别无寄托，更何况温词既非自抒情怀，而《菩萨蛮》诸阕背景纪事也不一定可信。总此诸端，张氏等人"感士不遇"之说乃至上攀《离骚》，未免牵强。就温氏此类词作，读者尽可欣赏其物象芳丽之美，体味其情思幽怨之美，品味其词境婉约之美，不必深究其情思背后之事由原委。

《菩萨蛮》、《更漏子》等词作体现出温词婉曲浓丽的基本风格，然而这一风格基调之下也略有变化，如《杨柳枝》八首笔致较疏朗，《南歌子》（手里金鹦鹉）前三句"手里金鹦鹉，胸前绣凤凰。偷眼暗形相"，客观描述，着色艳丽，未出温词常格，但结末"不如从嫁与，作鸳鸯"二句则直率疏快，无丝毫含蓄婉曲之味。下面两首《梦江南》也常被视为温词中的变格：

> 梳洗罢，独倚望江楼。过尽千帆皆不是，斜晖脉脉水悠悠。肠断白蘋洲。

> 千万恨，恨极在天涯。山月不知心里事，水风空落眼前花。摇曳碧云斜。

唐圭璋先生《唐宋词简释》评曰："温词大抵绮丽浓郁，而此两首则空灵疏荡，别具风神。"无论是前一首词作所呈现的水月辉映、碧云摇荡、风飘花落之境，还是后一首词中的"斜晖脉脉水悠悠"，都堪称"空灵疏荡，别具风神"。就整体格调而言，二词疏快跌宕，可连贯合解。"梳洗罢"一首言早起梳妆齐整后登楼望归舟，可千帆过尽，日暮降临，仍不见所盼之归舟，深深的失望和怅恨郁积心怀。"千万恨"一首即承前词情感脉络而直抒胸怀，在时间脉络上亦承前而接言夜晚月下相思之苦，结末融情于景，情韵荡漾。词中显示的脉络条贯畅达、言情真切直率、用语浅淡自然，是温庭筠极少用的笔调，显得别具风貌，而这倒是其后辈词家韦庄的常见笔法。

四

  韦庄存词五十馀首,有四十八首见录于《花间集》,与温庭筠同为"花间派"代表词人。韦庄之前,词坛上成就最大、影响最广的词人就是温庭筠。大略与韦庄同时的范摅在《云溪友议》卷下记载:"裴郎中诚,晋国公次弟子也。足情调,善谈谐。举子温歧为友,好作歌曲,迄今饮席多是其词焉。"可以想见韦庄所处词坛上的温庭筠之风。而韦庄本人对于温庭筠的怀才不遇、终身未第则深表不平,曾奏请唐昭宗追赠进士及第(见《唐摭言》卷十)。因此,韦庄的词作受到温庭筠的一定影响,当是情理之中的事。如二人在创作题材上均以男女间的离愁别怨为主,韦词中也有格调近似温词的作品,如《酒泉子》(月落星沉)、《应天长》(绿槐阴里黄莺语)。但就主体风格而言,温、韦各具特色。不同于温词的艳丽细密、隐约婉曲,韦词则大多笔调疏朗畅达,言情显豁。下列两首词作或许是比较两人不同词风的较好例证:

  玉楼明月长相忆,柳丝袅娜春无力。门外草萋萋,送君闻马嘶。　画罗金翡翠,香烛销成泪。花落子规啼,绿窗残梦迷。

——温庭筠《菩萨蛮》

  红楼别夜堪惆怅,香灯半卷流苏帐。残月出门时,美人和泪辞。　琵琶金翠羽,弦上黄莺语。劝我早归家,绿窗人似花。

——韦庄《菩萨蛮》

  二词所写均为男女离别情事,词调同为《菩萨蛮》，且词中用语及意象亦多相类（如温词有玉楼、明月、金翡翠、香烛、绿窗，韦词有红楼、残月、金翠羽、香灯、绿窗），但格调不同。温词仅以"送君闻马嘶"一句点明情事，而大量笔墨用于场景氛围的描写和渲染，一句一个画面，各画面的组合，正如俞平伯先生《读词偶得》中所说："每截取可以调和的诸印象而杂置一处，听其自然融合，在读者心中仁者见仁，智者见智。"词作上片描述送别场景，但起笔玉楼明月相望相念的图景，尤其是"长相忆"三字令读者联想到别后的相思情形。下片所写可理解为分别之夜的境况，也可以看作别后的相思情境。词境由画面自然融合而成，其间没有明晰的脉络连贯，离情别怨则隐伏其中，显得含蓄幽约。韦词则不然，起笔点明红楼相别，然后依次描述美人出门和泪相送、弹奏琵琶别曲以及临别相劝早归，情事脉络清晰了然，依依惜别之情流泻于字里行间，犹如一段深情绵婉的别曲在琵琶弦上流动波荡。就笔调而言，韦庄这首《菩萨蛮》算是其较为含蓄的词作，但词中"惆怅"、"美人和泪"、"劝我早归家"等用语，依然较温词中"春无力"、"草萋萋"、"香烛销成泪"、"子规啼"、"残梦迷"等言情直露，构成了全词的情感脉络。

韦词以述情为主，脉络流转畅达，用语自然妥溜。王国维《人间词话》说："'弦上黄莺语'，端己语也，其词品似之。"韦庄那些以词人（或男女情事中的男方）自述以及词中女子口吻叙事言情的词作，尤其切合"弦上黄莺语"之喻。词人自述情怀经历之作有《菩萨蛮》五首、《荷叶杯》（记得那年花下）、

《女冠子》（昨夜夜半）等，大都为其早年游冶行乐生涯的写照，下面这首《菩萨蛮》堪称告白之作：

> 如今却忆江南乐，当时年少春衫薄。骑马倚斜桥，满楼红袖招。　　翠屏金屈曲，醉入花丛宿。此度见花枝，白头誓不归。

年少时的放怀游乐情形，历历在目。末二句与另一首《菩萨蛮》（人人尽说江南好）中"游人只合江南老"、"炉边人似月，皓腕凝双雪。未老莫还乡，还乡须断肠"，意趣相合，盖谓青春年少时游兴正浓，醉心于江南美景佳人，故"还乡须断肠"。人到年老则狎兴渐疏而思乡愈切，便可告别江南，回归故乡，"白头誓不归"、"未老莫还乡"，即谓待老才愿还乡。这种欢醉冶游场景，下面两首词作有具体的展现：

> 劝君今夜须沉醉，尊前莫话明朝事。珍重主人心，酒深情亦深。　　须愁春漏短，莫诉金杯满。遇酒且呵呵，人生能几何？
>
> ——《菩萨蛮》

> 深夜归来长酩酊，扶入流苏犹未醒。醺醺酒气麝兰和。惊睡觉，笑呵呵。长道人生能几何？
>
> ——《天仙子》

一幅酒筵深情劝醉、深夜酩酊归宿的图景呈现于读者眼前，而末尾貌似旷达实则无奈的人生感叹，则透露出更深层的内心苦衷，前人"似直而纡，似达而郁"（陈廷焯《白雨斋词话》卷一）之评大概就此类词句而发。此种言外感慨情怀，只能参照时局背景以及词人生平经历作些情感体味，很难坐实具体情事进行解读。张惠言《词选》称韦庄《菩萨蛮》（人人尽说江南好）一首"述蜀人劝留之辞"，进而谓"'江南'即指蜀。中原沸乱，故曰'还乡须断肠'"，则牵强难通，不足为鉴。若要举出韦庄感时伤世有迹可求的词作，《菩萨蛮》（洛阳城里春光好）也许值得一提。其中"洛阳才子他乡老。柳暗魏王堤，此时心转迷"、"凝恨对残晖，忆君君不知"，与词人中和三年（883）春避乱暂寓洛阳时所作《中渡晚眺》"魏王堤畔草如烟，有客伤时独扣舷"、"家寄杜陵归不得，一回回首一潸然"及《洛北村居》"无人说得中兴事，独倚斜晖忆仲宣"等诗句，情境相类，应为大略同时之作，寄寓帝京沦陷、家国乱离之恨。

抒写词人一己情怀之外，韦庄词的情感主体更多的是离别相思中的女子，或为女子自述情事，或以女子为描述对象。前者如《女冠子》：

> 四月十七，正是去年今日。别君时，忍泪伴低面，含羞半敛眉。　　不知魂已断，空有梦相随。除却天边月，没人知。

因离别而魂断，因相思而梦随。女子别后一年的深夜梦醒时分，独自对着天边明月，回想起"去年今日"送别情人时的忍泪含羞之状，似在心中向远方的情人倾诉深切的思念，的确犹如"弦上黄莺语"一般绵婉动人。此类女子自述情怀的词作尚有《应天长》（别来半岁音书绝）、《清平乐》（琐窗春暮）、《望远行》（欲别无言倚画屏）、《上行杯》（芳草灞陵春岸）、《小重山》（一闭昭阳春又春）等，而《思帝乡》（春日游）中一踏春女子钟情于风流少年的率真表白，堪称韦庄最为疏隽的词笔。

相对于以自述笔调叙事言情的直接鲜明，韦庄以女子为描述对象的词作则言情较为含蓄蕴藉，有的情境颇似温庭筠相类之作，但多数词作中的人物，情态举止较温词连贯流畅、清晰活现，呼之欲出。如《浣溪沙》：

> 清晓妆成寒食天，柳球斜袅间花钿。卷帘直出画堂前。　　指点牡丹初绽朵，日高犹自凭朱栏。含颦不语恨春残。

词笔几乎亦步亦趋地描述出女子清晨梳妆停当后来到堂前观赏牡丹的过程，结末于静默的情态画面中充溢着伤春哀怨。词情幽约而脉络贯通，词中有人，生动可感。他如"闲倚博山长叹，泪流沾皓腕"（《归国遥》"春欲晚"）、"闲抱琵琶寻旧曲，远山眉黛绿"（《谒金门》"春漏促"）等词句，可谓情态如画，情蕴画中。

温庭筠、韦庄作为词坛上两位最早致力于倚声填词并卓有成就的词人，其词作标志着词体从民间进入文人阶层的完成，也标志着文人对词体的接受和创作上的成熟。施蛰存先生《读飞卿词札记》说："至飞卿而词始变为文人之文学。"温词脱弃了民间词的俚俗、朴质和真率，呈现出浓厚的文人气息。韦庄则对民间词风有所借鉴和发展，夏承焘先生称其"把当时文人词带回到民间作品的抒情道路上来，又对民间抒情词给以艺术上的加工和提高"（《唐宋词欣赏》），是很精当的。从词史发展角度看，二人词作则共同奠定了文人词的传统面貌，一是词须合乐应歌，二是词作内容以男女情事为

17

主，三是词体格调以婉约柔美为主。温、韦并称的词史意义主要在此。

【编者按：此次出版，我们择要将温庭筠、韦庄词中的典故、化用的古人诗词文句列于词后（每条前面用◎表示），另将历代评论、与词相关的本事和史实择要列于每首词后（每条前面用◆表示），以方便读者对温、韦词的阅读和欣赏。】

目　录

总　评 78

韦庄词集

温庭筠词集

菩萨蛮

小山重叠金明灭，鬓云欲度香腮雪。懒起画蛾眉，弄妆梳洗迟。

照花前后镜，花面交相映。新贴绣罗襦，双双金鹧鸪。

◎ "小山"可以有三个解释。一谓屏山，其另一首"枕上屏山掩"可证，"金明灭"指屏上彩画。二谓枕，其另一首"山枕隐秾妆，绿檀金凤凰"可证，"金明灭"指枕上金漆。三谓眉额，飞卿《遐方怨》云"宿妆眉浅粉山横"，又本词另一首"蕊黄无限当山额"，"金明灭"指额上所傅之蕊黄，飞卿《偶游》诗"额黄无限夕阳山"是也。三说皆可通，此是飞卿用语晦涩处。（浦江清《词

的讲解》)

◎碧窗弄妆梳洗晚。（唐施肩吾《夜宴曲》）

◆此词又名《重叠金》，因首句也。（明卓人月《古今词统》徐士俊评）

◆"小山重叠金明灭"，"小山"盖指屏山而言。"鬓云欲度香腮雪"，犹言鬓丝撩乱也。"照花前后镜，花面交相映"，承上梳妆言之。"新帖绣罗襦"，"帖"疑当作"贴"，花庵选本作"着"。（清许昂霄《词综偶评》）

◆此感士不遇也。篇法仿佛《长门赋》，而用节节逆叙。此章从梦晓后，领起"懒起"二字，含后文情事；"照花"四句，《离骚》"初服"之意。（清张惠言《词选》）

◆（评"懒起"句）起步。（清谭献《谭评词辨》）

◆所谓沉郁者，意在笔先，神馀言外。写怨夫思妇之怀，寓孽子孤臣之感。凡交情之冷淡，身世之飘零，皆可于一草一木发之。而发之又必若隐若现，欲露不露，反复缠绵，终不许一语道破。匪独体格之高，亦见性情之厚。飞卿词，如"懒起画蛾眉，弄妆梳洗迟"，无限伤心，溢于言表。（清陈廷焯《白雨斋词话》）

◆温丽芊绵，已是宋元人门径。（清陈廷焯《云韶集》）

◆词有与风诗意义相近者，自唐迄宋，前人巨制，多寓微旨。……温飞卿"小山重叠"，《柏舟》寄意也。（清张德瀛《词微》）

◆固哉，皋文之为词也！飞卿《菩萨蛮》、永叔《蝶恋花》、子瞻《卜算子》，皆兴到之作，有何命意？皆被

皋文深文罗织。（王国维《人间词话删稿》）

◆"小山"，当即屏山，犹言屏山之金碧晃灵也。此种雕镂太过之句，已开吴梦窗堆砌晦涩之径。"新贴绣罗襦"二句，用十字止说得襦上绣鹧鸪而已。统观全词意，谀之则为盛年独处，顾影自怜；抑之则侈陈服饰，搔首弄姿。"初服"之意，蒙所不解。（李冰若《花间集评注·栩庄漫记》）

◆此词表面观之，固一幅深闺美人图耳。张惠言、谭献辈将此词与以下十四章一并串讲，谓系"感士不遇"之作。此说虽曾盛行一时，而今人多持反对之论。窃以为单就此一首而言，张、谭之说尚可从。"懒起画蛾眉"句暗示蛾眉谣诼之意。"弄妆"、"照花"各句，从容自在，颇有"人不知而不愠"之慨。（丁寿田等《唐五代四大名家词》甲篇）

◆此调本二十首，今存十四首，此则十四首之一。二十首之主题皆以闺人因思别久之人而成梦，因而将梦前、梦后、梦中之情事组合而成。此首则写梦醒时之情思也。首言思妇睡梦初醒，见枕屏而引动离情。"小山重叠"，兴起人远之感；"金明灭"，牵动别久之思。次句言睡馀之态。三、四句，梳妆也；曰"懒"、曰"迟"，以见梳妆时之心情。五、六句，簪花也；花面交映，言其美。七、八句，着衣也；"双双"句，又从见衣上之鸟成双引起人孤单之感。全首以人物之态度、动作、衣饰、器物作客观之描写，而所写之人之心情乃自然呈现。此种心情，又为因梦见离人而起者，虽词中不曾明言，而离愁别恨已萦绕笔底，分明可见，读之动人。此庭筠表达艺术之高也。（刘永济《唐五代两宋词简析》）

温庭筠词集

◆ "小山"，屏山也，其另一首"枕上屏山掩"可证。"金明灭"三字状初日生辉与画屏相映。日华与美人连文，古代早有此描写，见《诗·东方之日》、《楚辞·神女赋》，以后不胜枚举。此句从写景起笔，明丽之色现于毫端。第二句写未起之状，古之帷屏与床榻相连。"鬓云"写乱发，呼起全篇弄妆之文。"欲度"二字似难解，却妙。譬如改作"鬓云欲掩"，径直易明，而点金成铁矣。此不但写晴日下之美人，并写晴日小风下之美人，其巧妙固在此难解之二字耳。难解并不是不可解。三、四两句一篇主旨，"懒"、"迟"二字点睛之笔，写艳俱从虚处落墨，最醒豁而雅。欲起而懒，弄妆则迟，情事已见。"弄妆"二字，"弄"字妙，大有千回百转之意，愈婉愈温厚矣。过片以下全从"妆"字连绵而下……此章就结构论，只一直线耳，由景写到人，由未起写到初起，梳洗，簪花照镜，换衣服，中间并未间断，似不经意然，而其实针线甚密。本篇旨在写艳，而只说"妆"，手段高绝。写妆太多似有宾主倒置之弊，故于结句曰"双双金鹧鸪"，此乃暗点艳情，就表面看总还是妆耳。谓与《还魂记·惊梦》折上半有相似之处。（俞平伯《读词偶得》）

◆ "度"字含有飞动意。（"照花"二句）这里写"打反镜"，措词简明。（俞平伯《唐宋词选释》）

◆ "度"，过也，是一轻软的字面。非必鬓发髢松，斜掩至颊，其借力处在"云"、"雪"两字。鬓既称"云"，又比腮于"雪"，于是两者之间若有关涉，而此"云"乃有出岫之动态，故曰"欲度"。……此章写美人晨起梳妆，一意贯穿，脉络分明。论其笔法，则是客观的描写，非主观的抒情，其中只有描写体态语，无抒情语。

6

易言之，此首通体非美人自道心事，而是旁边的人见美人如此如此。（浦江清《词的讲解》）

◆他用浓厚的彩色，刻画一个贵族少妇，从大清早起身，在太阳斜射进来的窗前，慢条斯理地理发、画眉、抹粉、涂脂，不断照着镜子，一面想着心事，最后梳妆好了，着上绣了成双小鸟的新衣，又顾影自怜起来，感到独处深闺的苦闷。他的手法，着实灵巧，而且把若干名词当了形容词用，如"云"字形容发多，"雪"字形容肤白，又用"欲度"二字将两种静态的东西贯串起来，就使读者感到这美人风韵栩栩如生。在这短短的四十四个字中，情景双融，神气毕现。词的艺术造诣是很高的，可惜所描写的对象只是一个艳丽而娇弱的病态美人。（龙榆生《词曲概论》）

◆全篇点睛的是"双双"两字，它是上片"懒"和"迟"的根源。全词描写女性，这里面也可能暗寓这位没落文人自己的身世之感。至若清代常州派词家拿屈原来比他，说"照花前后镜"四句即《离骚》"初服"之意（见张惠言《词选》），那无疑是附会太过了。（夏承焘《唐宋词欣赏》）

◆这首词代表了温庭筠的艺术风格：深而又密。深是几个字概括许多层意思，密是一句话可起几句话的作用。这首词短短的篇章，一共只八句，而深密曲折如此，这是唐人重含蓄的绝句诗的进一步的演化。（同上）

◆这首词写一个女子孤独的哀愁。全词用美丽的字句，写她的晓妆：开首写额黄褪色，头发散乱，是未妆之前。三四句是懒妆意绪。五六句是妆成以后对影自怜的心情。最后七八两句表面还是写装扮，她在试衣时忽然看见衣上的"双双金鹧鸪"，于是怅触自己的孤独的生活。全词寓意，于是最后豁出。"双双"二字是全首的词眼，七八两句是全文的高峰。但表面还是平叙晓妆过程，好像不转，实是一个大转折。这手法比明转更高。（夏承焘《唐宋词欣赏》）

◆此首写闺怨，章法极密，层次极清。首句，写绣屏掩映，可见环境之富丽；次句，写鬓丝撩乱，可见人未起之容仪。三、四两句叙事，画眉梳洗，皆事也。然"懒"字、"迟"字，又兼写人之情态。"照花"两句承上，言梳洗停当，簪花为饰，愈增艳丽。末句，言更换新绣之罗衣，忽睹衣上有鹧鸪双双，遂兴孤独之哀与膏沐谁容之感。有此收束，振起全篇。上文之所以懒画眉、迟梳洗者，皆因有此一段怨情蕴蓄于中也。（唐圭璋《唐宋词简释》）

◆"小山"，或谓指"眉山"，或谓指"屏山"，或谓指画屏上之画景，按各说均误。"小山"，山枕也。枕平放，故能重叠，"屏山"、"画景"竖立，岂能重叠？如何叠法？岂得"金明灭"？下接"鬓云度腮"，可见犹藉枕未起，若已起床离枕，则发不能度腮。次韵又加"懒起"二字，证其未起。若为"屏山"、"画景"，则与下文"鬓云"及"懒起"均不相干矣，只有作"山枕"解，方能全首贯通。山枕之名，《花间集》屡见，如"山枕上，私语口脂香"。"金明灭"者，谓枕上金线之花纹随蠕首之转侧时可见时不可见也。此金线与下文"金鹧鸪"同，参见"若恨年年压金线，为他人作嫁衣裳"。

"新帖绣罗襦"。"帖"通"贴"，或以"贴"与下文"金"字遥接，解为"贴金"，亦误。按"贴"，穿紧身衣也，与下文"金"字无涉。罗襦上本有金线绣成之金鹧鸪也。穿紧身衣用"贴"字描摹尽矣。……此词全首写睡时、懒起、梳妆、着衣全部情景，如画幅逐渐展开，如电影冉冉映演，动中见静，静中有动。又有谓金明灭，牵动别久之思，因梦见离人而起，离愁别恨，萦绕笔底云云，真是无中生有，词中人未做梦，解词者却梦呓连篇。复有人谓此词乃写一贵族少妇，从大清早起身，在太阳射进来的窗前梳妆，一面想着心事顾影自怜，感到独处深闺的苦闷云云，如此增字解经，亦不足为训。（吴世昌《词林新话》）

菩萨蛮

水精帘里颇黎枕，暖香惹梦鸳鸯锦。江上柳如烟，雁飞残月天。

藕丝秋色浅，人胜参差剪。双鬓隔香红，玉钗头上风。

◎却下水晶帘，玲珑望秋月。（唐李白《玉阶怨》）

◎颇黎，即玻璃，古指状如水晶的宝石。

◎柳色如烟絮如雪。（唐白居易《隋堤柳》）

◎藕丝衫子柳花裙，空着沉香慢火熏。（唐元稹《白衣裳》）

◎正月七日为人日，以七种菜为羹。剪彩为人，或镂金薄为人，以贴屏风，亦戴之头鬓。又造华胜以相遗。（南朝宗懔《荆楚岁时记》）

9

◆王右丞诗："杨花惹暮春。"李长吉诗："古竹老梢惹碧云。"温庭筠词："暖香惹梦鸳鸯锦。"孙光宪词："六宫眉黛惹春愁。"用"惹"字凡四，皆绝妙。（明杨慎《升庵诗话》）

◆诗中用"惹"字，有有情之"惹"，有无情之"惹"。惹，絓也，乱也，引着也。隋炀帝"被惹香黛残"，贾至"衣冠身惹御炉香"，古辞"至今衣袖惹天香"，温庭筠"暖香惹梦鸳鸯锦"，孙光宪"眉黛惹春愁"，皆有情之"惹"也。王维"杨花惹暮春"，李贺"古竹老梢惹碧云"，皆无情之"惹"也。（明田艺蘅《留青日札》）

◆"藕丝秋色染"，牛峤句也。"染"、"浅"二字皆精。（明卓人月《古今词统》徐士俊评）

◆"梦"字提，"江上"以下，略叙梦境。"人胜参差"，"玉钗香隔"，言梦亦不得到也。"江上柳如烟"是关络。（清张惠言《词选》）

◆触起。（清谭献《谭评词辨》评"江上柳如烟"句）

◆飞卿《菩萨蛮》云："江上柳如烟，雁飞残月天。"《更漏子》云："银烛背，绣帘垂。梦长君不知。"《酒泉子》云："月孤明，风又起。杏花稀。"作小令不似此着色取致，便觉寡味。（清吴衡照《莲子居词话》）

◆"江上柳如烟，雁飞残月天。"飞卿佳句也。好在是梦中情况，便觉绵邈无际；若空写两句景物，意味便减，悟此方许为词。不则即金氏所谓"雅而不艳，有句无章"者矣。（清陈廷焯《白雨斋词话》）

◆"杨柳岸晓风残月"，从此脱胎。"红"字韵，押得

温庭筠词集

10

妙。（清陈廷焯《云韶集》）

◆梦境凄凉。（清陈廷焯《词则·大雅集》）

◆何谓浑？如："泪眼问花花不语，乱红飞过秋千去。""江上柳如烟，雁飞残月天。""西风残照，汉家宫阙。"皆以浑厚见长者也。词至浑，功候十分矣。（清孙麟趾《词迳》）

◆飞卿词极流丽，为《花间集》之冠。《菩萨蛮》十四首，尤为精湛之作。兹从《花庵词选》录四首以见其概。十四首中言及杨柳者凡七，皆托诸梦境。风诗托兴，屡言杨柳，后之送客者，攀条赠别，辄离思黯然，故词中言之，低回不尽，其托于梦境者，寄其幽渺之思也。张皋文云"此感士不遇也"，词中"青琐金堂，故国吴宫，略露寓意"。其言妆饰之华妍，乃"《离骚》初服之意"。（俞陛云《唐五代两宋词选释》）

◆"暖香惹梦"四字与"江上"二句均佳，但下阕又雕缋满眼，羌无情趣。即谓梦境有柳烟残月之中，美人盛服之幻，而四句晦涩已甚，韦相便无此种笨笔也。（李冰若《花间集评注·栩庄漫记》）

◆以想象中最明净的境界起笔。李义山诗："水精簾上琥珀枕"，与此略同，不可呆看。"鸳鸯锦"依文法当明言衾褥之类，但诗词中例可不拘。"暖香"乃人梦之因，故"惹"字妙。三四忽宕开，名句也。旧说"'江上'以下略叙梦境"，本拟依之立说。以友人言，觉直指梦境似尚可商。仔细评量，始悟昔说之殆误。飞卿之词，每截取可以调和的诸印象而杂置一处，听其自然融合，在读者心眼中仁者见仁，知者见知，不必问其脉络神理如何如何，而脉络神理按之则俨然自在。……固未易以迹象求

温庭筠词集

也。即以此言，帘内之清秋如斯、江上之芊眠如彼，千载以下，无论识与不识，解与不解，都知是好言语矣。若昧于此理，取古人名作，以今人之理法习惯，尺寸以求之，其不枘凿者几希。……过片以下，妆成之象。"藕丝"句，其衣裳也。……"人胜"句；其首饰也。……"双鬓"句承上，着一"隔"字，而两鬓簪花如画，香红即花也。末句尤妙，着一"风"字，神情全出，不但两鬓之花气往来不定，钗头幡胜亦颤摇于和风骀荡中。……过片似与上文隔断，按之则脉络具在。"香红"二字与上文"暖香"映射，"风"字与"江上"二句映射，然此犹形迹之末耳。循其神理，又有节序之感，如弦外馀悲增人怀想。张炎《词源》列举美成、梅溪词曰："如此等妙词颇多，不独措辞精粹，又且见时序风物之盛，人家宴乐之同。"是知两宋宗风，所从来远矣。……点"人胜"一名自非泛泛笔，正关合"雁飞残月天"句，盖"人归落雁后，思发在花前"，固薛道衡《人日》诗也。不特有韶华过隙之感，深闺遥怨亦即于藕断丝连中轻轻逗出。通篇如缛绣繁弦，惑人耳目，悲愁深隐，几似无迹可求，此其所以为唐五代词。自南唐以降，虽风流大畅而古意渐失，温、韦标格，不复作矣。（俞平伯《读词偶得》）

◆本词咏立春或人日。全篇上下两片大意从隋薛道衡《人日》诗"人归落雁后，思发在花前"脱化。……说本篇者亦多采用张说。说实了梦境似亦太呆，不妨看作远景，详见《读词偶得》。（俞平伯《唐宋词选释》）

◆水精帘黎，亦词人夸饰之语，想象之词，初非写实。……鸳鸯锦谓锦被上之绣鸳鸯者。"暖香惹梦"四字所以写此鸳鸯锦者，亦以点逗春日晓寒，美人尚贪恋暖衾而未起。此两句写闺楼铺设之富丽精雅，说了枕衾两事，以文法言，只有名词而无述语。……"江上"两句，忽然开宕，言楼外之景，点春晓。张惠言谓是梦境，大误。……下半阕正写人，而以初春之服饰为言。……此章之时令，在"人胜参差剪"一句中，盖初春情事也。……此章亦但写美人之妆饰体态，兼以初春之时令景物为言。（浦江清《词的讲解》）

◆《菩萨蛮》这个调子，温庭筠各首最早最有名，他的第二首的上片，转意最奇特："水晶帘里玻璃枕，暖香惹梦鸳鸯锦。江上柳如烟，雁飞残月天。"这是写恋情的词，上片四句平列两种环境：前两句闺房陈饰，是写十分温暖舒适的生活。后两句是写客途光景，极其荒凉寂寞。中间转换处不着一字，而依恋不舍之情自见。柳永的《雨霖铃》："今宵酒醒何处？杨柳岸晓风残月。"也许即从此脱化。（夏承焘《唐宋词欣赏·词的转韵》）

◆或以飞卿《菩萨蛮》为立春或人日之景，仅凭"人胜"一语。人日为正月初七，月是上弦，何得称"残月"，"残月"者团圆以后下弦之月也。又首句用"颇黎枕"，即指明夏景。藕丝最细，丝如细极，便同藕丝。"藕丝秋色浅"此言薄纱之衣。人日岂能衣藕丝薄衣？秋色，即秋香色，乃黄绿相和之色。至于"人胜"，随时可用为妆饰，不必人日或立春日也。且人日或立春日花亦少有。或以为此词大意从薛道衡《人日》诗"人归落雁后，思发在花前"脱化。其实"雁飞"与"落雁"亦无涉，若见一"雁"字便引做证据，则可引千百条、立千百个不同之解说矣。或谓此词自室内之"颇黎枕"、"鸳鸯锦"，突接以室外之"江上"、"雁飞"，除予人以一片精美之意象外，并无明显之层次脉络可寻云。余以为"江上"、"雁飞"，正"暖香"所"惹"之"梦"中所见者，层次分明，非突接也。既在梦中，则行动自由，江上天涯，俱可去得。（吴世昌《词林新话》）

◆这首词一开首就写帘，接着写枕头，写绣被，写江上早晨的景物，写女人的服饰和形状，自始至终，都是人物形象，家常设备和客观景物的描绘，五光十色，层见叠出，使人目迷神夺，很难看出其中贯串的线索，这确实是温词中较难理解的一首。张惠言评这首词说："梦字提。江上以下略叙梦境。人胜参差，玉钗香隔，言梦亦不得到也。'江上柳如烟'是关络。"自这评语出，越发使人莫名其妙！……如果能够摆脱张氏那种以比兴理解温词的观点，而直截了当地结合温飞卿的生平行径来理解这首词，那么，这首词只是作者一桩风流事迹的追述，是没有什么深远的意义的。第一二句是说，他曾歇宿过那个地方的设备非常精美，有水晶帘，有玻璃枕，还有又暖又香能惹起好梦的鸳鸯被。第三四句是说，在一个足以引动离愁的风景凄清的早上，他就离开那个地方了。第五六句是说，那女子打扮得很漂亮，穿上淡黄色的衣服，簪上玉钗，还戴上"花胜"来送他。第七八句是说，那女子划着小艇，穿过花港，摇摇荡荡地送他到岸上。"双鬓隔香红"，是那女子的双鬓隔开了又香又红的东西，那只有在花丛中穿过，才有这种现象。……为什么知道那女子是划着小艇呢？"玉钗头上风"已得很清楚。玉钗簪在头上，本身是不会生风的，风也吹不动它，只有当着头上不断摇摆的时候，玉钗才会在头上颤动得煞像给风吹着一样。头为什么会不断摇摆？那不是划着小艇用力穿过花港是什么？所以，我们只要不囿于旧说，仔细玩索体会，这首词是十分美妙的，简直是一幅完整而又鲜明的异常动人的画面！由于篇中只罗列了各种各样的现象，人物活动的情况一点也没有表露出来，这就使得读这词的人乱猜一顿，猜不透时，就只能说是作者"截取可以调和诸物象而杂置一处，听其自然融合"了。（詹安泰《宋词散论·温词管窥》）

菩萨蛮

　　蕊黄无限当山额，宿妆隐笑纱窗隔。相见牡丹时，暂来还别离。

　　翠钗金作股，钗上蝶双舞。心事竟谁知？月明花满枝。

　　◎蕊黄，即额黄。六朝至唐，女妆常用黄点额，因似花蕊，故名。

　　◎朱唇一点桃花殷，宿妆娇羞偏髻鬟。（唐岑参《醉戏窦子美人》）

　　◆有以淡语收浓词者，别是一法。……大约此种结法，用之忧怨处居多，如怀人、送客、写忧、寄慨之词，自首至终，皆诉凄怨。其结句独不言情，而反述眼前所见者，皆自状无可奈何之情，谓思之无益，留之不得，不若且顾目前。而目前无人，止有此物，如"心事竟谁知，月明花满枝"、"曲中人不见，江上数峰青"之类是也。此等结法最难，非负雄才、具大力者不能。即前人亦偶一为之，学填词者慎勿轻敌。（清李渔《窥词管见》）

温庭筠词集

15

◆提起。以下三章，本人梦之情。（清张惠言《词选》）

◆以一句或二句描写一简单之妆饰，而其下突接别意，使词意不贯，浪费丽字，转成赘疣，为温词之通病。如此词"翠钗"二句是也。（李冰若《花间集评注·栩庄漫记》）

◆此章换笔法，极生动灵活。其中有描绘语，有叙述语，有托物起兴语，有抒情语，随韵转折，绝不呆滞。"蕊黄"两句是描绘语，"相见"两句是叙述语，"翠钗"两句托物起兴，"心事"两句抒情语也。……词在戏曲未起以前，亦有代言之用，词中抒情非必作者自己之情，乃代为各色人等语，其中尤以张生、莺莺式之才子佳人语为多，亦即男女钟情的语言。宫闱体之词譬诸小旦的曲子。上两章但描写美人的体态，尚未抒情，笔法近于客观，犹之《诗经·硕人》之章。此章涉及抒情，且崔、张夹写，生、旦并见，于抒情中又略有叙事的成分。何以言之？"蕊黄无限当山额，宿妆隐笑纱窗隔"，此张生之见莺莺也。"相见牡丹时，暂来还别离"，此崔、张合写也。"翠钗"以下四句，则转入莺莺心事。……宿妆者与新妆对称，谓晨起未理新妆，犹是昨日之梳妆也，故谓之宿。"翠钗"两句是托物起兴。凡诗歌开端，往往随所见之物触起情感，谓之"托物起兴"。此在下片之始，故可用此句法。乃是另一开端。于兴之中，又有比义，钗上双蝶，心事可喻。用以结出离别之感，脉络甚细。知、枝为谐音双关语，《说苑·越人歌》："山有木兮木有枝，心悦君兮君不知。"主要还在说"心事竟谁知"一句，而以"月明花满枝"为陪衬，在语音本身上的关联更为紧凑。

温庭筠词集

在意境上，则对此明月庭花能不更增幽独之感？是语音与意境双方关联，调融得一切不隔。《越人歌》古朴有味，飞卿的词句更其新鲜出色，乐府中之好言语也。（浦江清《词的讲解》）

菩萨蛮

翠翘金缕双鸂鶒，水纹细起春池碧。池上海棠梨，雨晴红满枝。

绣衫遮笑靥，烟草黏飞蝶。青琐对芳菲，玉关音信稀。

[温庭筠词集]

◎翡翠鸟尾上长毛曰翘，美人首饰如之，因名翠翘。（《山堂肆考》）

◎二月春风澹荡时，旅人虚对海棠梨。（唐韩偓《以庭前海棠梨花一枝寄李十九员外》）

◆此首追叙昔日欢会时之情景也。上半阕《菩萨蛮》描写景物，极其鲜艳，衬出人情之欢欣。下半阕前二句补明欢欣之人情，后二句则以今日孤寂之情，与上六句作对比，以见芳菲之景物依然，而人则音信亦稀，故思之而怨也。（刘永济《唐五代两宋词简析》）

◆上二首皆以妆为结束，此则以妆为起笔，可悟文格变化之方。"水纹"以下三句，突转入写景，由假的水鸟，飞渡到春池春水，又说起池上春花的烂漫来。此种结构正与作者之《更漏子》"惊塞雁，起城乌，画屏金鹧鸪"同一奇绝。"水纹"句初联上读，顷乃知其误。金翠

17

首饰，不得云"春池碧"，一也。飞卿《菩萨蛮》另一首
"宝函钿雀金鸂鶒，沉香阁上吴山碧"，两句相连而绝不
相蒙，可以互证，二也。"海棠梨"即海棠也。昔人于外
来之品物每加"海"字……。上云"鸂鶒"，下云"春
池"，非仅属联想，亦写美人游春之景耳。于过片云"绣
衫遮笑靥"乃承上"翠翘"句；"烟草黏飞蝶"乃承上
"水纹"三句。"青琐"以下点明春恨缘由，"芳菲"仍
从上片"棠梨"生根，言良辰美景之虚设也。其作风犹是
盛唐佳句。（俞平伯《读词偶得》）

　　◆此章赋美女游园，而以春日园池之美起笔。首句
托物起兴。……俞平伯释此词，以钗饰立说，谓"水纹"
句不宜连上读……按俞说殆误。飞卿此处实写鸂鶒，下句
实写春池，非由钗饰而联想过渡也。俞先生因连读前数章
均言妆饰，心理上遂受影响，又"翠翘"一词藻，诗人用
以指钗饰者多，鸟尾的意义反为所掩……飞卿原意所在。
实指鸳鸯之类，不必由假借立说矣。……上半阕写景，乃
是美人游园所见，譬如画仕女画者，先画园亭池沼，然后
着笔写人。"绣衫"两句，正笔写人。写美女游园，情景
如画，读此仿佛见《牡丹亭·惊梦》折前半主婢两人游园
唱"原来姹紫嫣红开遍"一曲时之身段。飞卿词大开色相
之门，后来《牡丹亭》曲、《红楼梦》小说皆承之而起，
推为词曲之鼻祖宜也。作宫闺体词，譬如画仕女图，须用
轻细的笔致，描绘柔软的轮廓。"绣衫遮笑靥"之"遮"
字，"烟草黏飞蝶"之"黏"字，"鬓云欲度"之"度"
字，"暖香惹梦"之"惹"字，皆词人炼字处。……此章
言美女游园，而以一人独处思念玉关征戍作结，此为唐人
诗歌中陈套的说法，犹之"忽见陌头杨柳色，悔教夫婿觅

封侯”之类也。（浦江清《词的讲解》）

菩萨蛮

　　杏花含露团香雪，绿杨陌上多离别。灯在月胧明，觉来闻晓莺。

　　玉钩褰翠幕，妆浅旧眉薄。春梦正关情，镜中蝉鬓轻。

　　◆“碧纱如烟隔窗语”，得画家三昧，此更觉微远。（明汤显祖评《花间集》）

　　◆“春梦正关情，镜中蝉鬓轻。”凄凉哀怨，真有欲言难言之苦。（清陈廷焯《白雨斋词话》）

　　◆梦境迷离。（清陈廷焯《词则·大雅集》）

　　◆此词“杏花”二句，从远处泛写，关合本题于有意无意之间，与前“水精”一首中“江上柳如烟”二句同一笔法。飞卿词每如织锦图案，吾人但赏其调和之美可耳，不必泥于事实也。（丁寿田等《唐五代四大名家词》甲篇）

　　◆“杏花”二句亦似梦境，而吾友仍不谓然，举“含露”为证，其言殊谛。夫人梦固在中夜，而其梦境何妨白日哉，然在前章则曰“雁飞残月天”，此章则曰“含露团香雪”，均取残更清晓之景，又何说耶？故首二句只是从远处泛写，与前谓“江上”二句忽然宕开同，其关合本题，均在有意无意之间。若以为上文或下文有一“梦”字，即谓指此而言，未免黑漆了断纹琴也。以作者其他

《菩萨蛮》观之，历历可证。……"灯在"，灯尚在也，"月胧明"，残月也；此是在下半夜偶然醒来，忽又蒙眬睡去的光景。"觉来闻晓莺"，方是真醒了。此二句连读，即误。"玉钩"句晨起之象。"妆浅"句宿妆之象，即另一首所谓"卧时留薄妆"也。对镜妆梳，关情断梦，"轻"字无理得妙。（俞平伯《读词偶得》）

◆此章亦写美人晓起。惟变换章法，先说楼外陌上之景物。"杏花、绿杨"两句虽同为写景，而"团香雪"给人以感觉，"多离别"给人以情绪。"团"字炼。……以层次而言，先是美人闻莺而醒，残灯犹在，晓月胧明，于是搴幕以观，见陌上一片春景。看了半响，方想到理妆，取镜过来，自觉旧眉之薄，蝉鬓之轻，复帖念于昨宵的残梦，心绪亦不甚佳。散文的层次，应是如此，诗词原可参差错落地说。以诗词作法而论，则先以写景起笔，而杏花、绿杨亦是托物起兴，乐府之正当开始也。先说春天景物，容易唤起听曲者之想象，至"灯在月胧明，觉来闻晓莺"，则若有人焉，呼之欲出。至下半阕则少妇楼头，全露色相，明镜靓妆之际，略窥心事。章法是一致的由外及内。（浦江清《词的讲解》）

◆此首抒怀人之情。起点杏花、绿杨，是芳春景色。此际景色虽美，然人多离别，亦黯然也。"灯在"两句，拍到己之因别而忆，因忆而梦；一梦觉来，帘内之残灯尚在，帘外之残月尚在，而又闻晓莺恼人，其境既迷离惝恍，而其情尤可哀。换头两句，言晓来妆浅眉薄，百无聊赖，亦懒起画眉弄妆也。"春梦"两句倒装，言偶一临镜，忽思及宵来好梦，又不禁自怜憔悴，空负此良辰美景矣。张皋文云："飞卿之词，深美闳约。"观此词可信。

末两句，十字皆阳声字，可见温词声韵之响亮。（唐圭璋《唐宋词简释》）

菩萨蛮

玉楼明月长相忆，柳丝袅娜春无力。门外草萋萋，送君闻马嘶。

画罗金翡翠，香烛销成泪。花落子规啼，绿窗残梦迷。

◎明月照高楼，流光正徘徊。上有愁思妇，悲叹有馀哀。（三国魏曹植《七哀诗》）

◎王孙游兮不归，春草生兮萋萋。（《楚辞·招隐士》）

◎挥手自兹去，萧萧班马鸣。（唐李白《送友人》）

◎杨花落尽子规啼。（唐李白《闻王昌龄左迁龙标遥有此寄》）

◆"玉楼明月长相忆"，又提。"柳丝袅娜"，送君之时。故"江上柳如丝"，梦中情境亦尔。七章"阑外垂丝柳"，八章"绿杨满院"，九章"杨柳色依依"，十章"杨柳又如丝"，皆本此"柳丝袅娜"言之，明相忆之久也。（清张惠言《词选》）

◆"玉楼明月"句，提。"花落子规啼"句，小歇。（清谭献《谭评词辨》）

◆"花落子规啼，绿窗残梦迷"，又"鸾镜与花枝，此情谁得知"，皆含深意。此种词，第自写性情，不必求

21

胜人，已成绝响。后人刻意争奇，愈趋愈下。安得一二豪杰之士，与之挽回风气哉！（清陈廷焯《白雨斋词话》）

◆音节凄清。字字哀艳，读之销魂。（清陈廷焯《云韶集》）

◆低回欲绝。（清陈廷焯《词则·大雅集》）

◆姚令威《忆王孙》云："萋萋杨柳绿初低，淡淡梨花开未齐。楼上情人听马嘶，忆郎归，细雨春风湿酒旗。"与温飞卿"送君闻马嘶"各有其妙，正可参看。（清况周颐《蕙风词话续编》）

◆前数章时有佳句，而通体不称，此较清绮有味。（李冰若《花间集评注·栩庄漫记》）

◆此章独以抒情语开始，在听者心弦上骤然触拨一下。此句总提，下文接叙惜别情事。……云"长相忆"者，此章言美人晨起送客，晓月胧明，珍重惜别，居者忆行者，行者忆居者，双方的感情均在其内。曹子建诗："明月照高楼，流光正徘徊。"在行者则此景宛然，永在心目，能不相念，在居者则从此楼居寂寞，二三五之夕，益难为怀。故此句单立成一好言语，两面有情。"柳丝"句见春色，又见别意。"春"字见字法，若云"风无力"则质直无味。柳丝的袅娜，东风的柔软，人的懒洋洋地失情失绪，诸般无力的情景，都是春的表现。……下片言送客归来。"画罗金翡翠"言幔帐之属。金翡翠，兴而比也，触起离绪。烛泪满盘，犹忆长夜惜别之景象，而窗外鸟啼花落；一霎痴迷，前情如梦。举绿窗以见窗中之佳人，思忆亦曰梦。往日情事至人去而断，仅有断片的回忆，故曰残梦。"迷"字写痴迷的神情，人既远去，思随之远，梦绕天涯，迷不知踪迹矣。（浦江清《词的讲

解》)

◆此首写怀人，亦加倍深刻。首句即说明相忆之切，虚笼全篇。每当玉楼有月之时，总念及远人不归，今见柳丝，更添伤感；以人之思极无力，故觉柳丝摇漾亦无力也。"门外"两句，忆及当时分别之情景，宛然在目。换头，又入今情。绣帏深掩，香烛成泪，较相忆无力，更深更苦。着末，以相忆难成梦作结。窗外残春景象，不堪视听；窗内残梦迷离，尤难排遣。通体景真情真，浑厚流转。（唐圭璋《唐宋词简释》）

菩萨蛮

凤凰相对盘金缕，牡丹一夜经微雨。明镜照新妆，鬓轻双脸长。

画楼相望久，栏外垂丝柳。音信不归来，社前双燕回。

◎牡丹经雨泣残阳。（唐元稹《莺莺诗》）

◆（"牡丹"句）眼前景，非会心人不知。（明汤显祖评《花间集》）

◆飞卿惯用"金鹧鸪"、"金鸂鶒"、"金凤凰"、"金翡翠"诸字以表富丽，其实无非绣金耳。十四首中既累见之，何才俭若此？本欲假以形容艳丽，乃徒彰其俗劣。正如小家碧玉初入绮罗丛中，只能识此数事，便矜羡不已也。此词"双脸长"之"长"字，尤为丑恶，明镜莹然，一双长脸，思之令人发笑。故此字点金成铁，纯为凑

23

韵而已。（李冰若《花间集评注·栩庄漫记》）

　　◆此章写别后忆人。"凤凰"句竟不易知其所指。或是香炉之作凤凰形者，李后主词"炉香闲袅凤凰儿"，"金缕"指凤凰毛羽，犹前章之"翠翘金缕双鸂鶒"也，或指香烟之丝缕。……"牡丹"句接得疏远，……歌谣之发句及次句有此等但以韵脚为关联之句法。另说，"牡丹"非真实之牡丹花，亦衣上所绣，"微雨"是啼痕。……燕以春社日来，秋社日去，曰"双燕回"，见人之幽独，比也。（浦江清《词的讲解》）

菩萨蛮

　　牡丹花谢莺声歇，绿杨满院中庭月。相忆梦难成，背窗灯半明。

　　翠钿金压脸，寂寞香闺掩。人远泪阑干，燕飞春又残。

　　◎雨夜背窗休。（唐李商隐《灯》）

　　◆"相忆梦难成"，正是残梦迷情事。（清张惠言《词选》）

　　◆领略孤眠滋味，逐句逐字，凄凄恻恻，飞卿大是有心人。（清陈廷焯《云韶集》）

　　◆三章云"相见牡丹时"，五章云"觉来闻晓莺"，此云"牡丹花谢莺声歇"，言良辰已过，故下云"燕飞春又残"也。（清陈廷焯《词则·大雅集》）

　　◆此章写春光将尽、寂寞香闺之情事。……言灯烛之背，是唐时俗语。临睡时灯烛未熄，移向屏帐之背，故曰背。或唐时之灯，有特殊装置，睡时不使太明，可以扭转，故曰背，今不可晓。翠钿即花钿，唐代女子点于眉心。"金压脸"疑即金靥子，点于两颊者，孙光宪《浣溪沙》："腻粉半粘金靥子"是也。"泪阑干"谓泪痕界面横斜也。（浦江清《词的讲解》）

菩萨蛮

满宫明月梨花白，故人万里关山隔。
金雁一双飞，泪痕沾绣衣。

小园芳草绿，家住越溪曲。杨柳色依依，燕归君不归。

◎钿蝉金雁皆零落，一曲《伊州》泪万行。（唐温庭筠《弹筝人》。金雁：筝柱。）

◆兴语似李贺，结语似李白，中间平调而已。（明汤显祖评《花间集》）

◆凄艳是飞卿本色。从摩诘"春草年年绿"化出。

◆结句即七章"音信不归来"二语意，重言以申明之，音更促，语更婉。（清陈廷焯《云韶集》）

◆"越溪"即若耶溪……传西施浣纱处。本词疑亦借用西施事。或以为越兵入吴经由的越溪，恐未是。杜荀鹤《春宫怨》："年年越溪女，相忆采芙蓉。"亦指若耶溪。上片写宫廷光景；下片写若耶溪，女子的故乡。结句即从故人的怀念中写，犹前注所引杜荀鹤诗意。"君"盖

指宫女，从对面看来，用字甚新。柳色如旧，而人远天涯，活用经典语。（俞平伯《唐宋词选释》）

◆或谓温庭筠之《菩萨蛮》为宫词者，此论非也，……此章如咏宫中美人，则不应有"故人万里关山隔"之句，……首句托物起兴。见梨花而忽忆故人者，"梨"字借作离别之"离"，乐府中之谐音双关语也。……"金雁"从"关山"带出，雁而曰金，岂非秋之季候于五行属金，谓金雁者犹言秋雁乎？曰：梨花非秋令之物，不应作如此解。……另解，金雁言筝上所设之柱，筝柱成雁行之形，故曰雁柱，亦有称金雁者，温飞卿咏弹筝人诗云"钿蝉金雁今零落，一曲《伊州》泪万行"，与此词意略同。以此解为最胜……此章上下两片，随意捏台，无甚关联。"小园芳草绿"之"小园"，与"满宫明月梨花白"之"满宫"是否为一地，抑两地，不可究诘。由小园芳草之绿，忆及南国越溪之家，意亦疏远。（浦江清《词的讲解》）

◆有见此词开首曰"满宫"，即以为上片写宫廷光景，进而以为"君"指宫女，并赞之为"用字甚新"云。按"宫"盖泛指房屋，若必欲泥为宫殿，则"故人"非帝王不可，与下片"小园"亦不相称。以"君"为宫女，尤妄。宫女岂容久出不归？谓之"用字甚新"，谬矣。（吴世昌《词林新话》）

菩萨蛮

宝函钿雀金鸂鶒，沉香阁上吴山碧。

26

杨柳又如丝，驿桥春雨时。

画楼音信断，芳草江南岸。鸾镜与花枝，此情谁得知？

◎国忠又用沉香为阁，檀香为栏，以麝香、乳香筛土和为泥饰壁。每于春时，木芍药盛开之际，聚宾客于此阁上赏花焉。（五代王仁裕《开元天宝遗事》）

◆"沉香"、"芳草"句，皆诗中画。（明汤显祖评《花间集》）

◆"鸾镜"二句，结，与"心事竟谁知"相应。（清张惠言《词选》）

◆"宝函钿雀"句，追叙。"画楼"句，指点今情。"鸾镜"句，顿。（清谭献《谭评词辨》）

◆只一"又"字，多少眼泪，音节凄缓。凡作香奁词，音节愈缓愈妙。（清陈廷焯《云韶集》）

◆沉香阁，《开天遗事》："杨国忠用沉香为阁，檀香为阑。"此处借用以喻华贵耳。（丁寿田等《唐五代四大名家词》甲篇）

◆首句"宝函钿雀金鸂鶒"，托物起兴。鸂鶒，兴而比也。下接"沉香阁上吴山碧"，意甚疏远，亦韵的传递作用。以词意言之，则首句言女子所用之奁具及钗饰，次句写女子所居楼及楼外之景。……今温卿词中所云，乃文人之夸饰，不过言楼居之精美，非真有沉香之阁矣。"吴山碧"是楼外所见之景，吴地诸山，概可称为吴山。……"杨柳又如丝，驿桥春雨时"，写景如画。句法开宕，与"江上柳如烟，雁飞残月天"绝类，皆晚唐诗人之格调

27

也。上片言楼内楼外，下片接说人事。言画楼以见楼中之人，此女子凭楼盼远，但见江南芳草萋萋，兴起王孙不归之感叹，故曰"音信断"。……（鸾镜）句远承第一句，脉络可寻，知此女子晨起理妆，对镜簪花插钗而忆念远人。……枝、知同音双关语，例见《诗经》及《说苑·越人歌》，飞卿于此《菩萨蛮》中两用之，皆甚高妙。……飞卿熟悉民歌中之用语，乐府之意味特见浓厚，《白雨斋词话》特称赏此两句，谓含有深意，初不知深意之究竟何在，盖陈氏但从直觉体味，尚未抉发语言中之秘奥耳。（浦江清《词的讲解》）

◆此首，起句写人妆饰之美，次句写人登临所见春山之美，亦"春日凝妆上翠楼"之起法。"杨柳"两句承上。写春水之美，仿佛画境。晓来登高骋望，触目春山春水，又不能已于兴感。一"又"字，传惊叹之神，且见相别之久，相忆之深。换头，说明人去信断。末两句，自伤苦忆之情，无人得知。以美艳如花之人，而独处凄寂，其幽怨深矣。"此情"句，千回百转，哀思洋溢。（唐圭璋《唐宋词简释》）

◆精巧工丽，字字几经锤炼而后出，骤览之不易得解，细加咀嚼，情味乃觉无穷，非深于此道者不易为亦不易辨，斯真修辞之上驷也。为此等词者，色、味、声、情种种，无一可以忽略，大抵色须鲜妍明艳，味须隽永浓至，声须响亮谐协，情须委婉深曲，诸美毕具，而后能使实质平庸者成为美妙，实质美妙者弥增其动人之力量。（詹安泰《詹安泰词学论稿》）

菩萨蛮

南园满地堆轻絮，愁闻一霎清明雨。雨后却斜阳，杏花零落香。

无言匀睡脸，枕上屏山掩。时节欲黄昏，无聊独倚门。

◎红杏开时，一霎清明雨。（南唐冯延巳《蝶恋花》）

◎杏花零落雨霏霏。（唐吴融《忆街西新居》）

◆隽逸之致，追步太白。（明沈际飞《草堂诗馀正集》）

◆此下乃叙梦。此章言黄昏。（清张惠言《词选》）

◆馀韵。（清谭献《谭评词辨》评"雨后却斜阳"句）

◆收束。（同上，评"无聊独倚门"句）

◆温庭筠《菩萨蛮》词，按张惠言《茗柯词选》曰："温氏《菩萨蛮》皆感士不遇之作。"细味之良然。（刘毓盘《词史》）

◆温飞卿《菩萨蛮》："雨后却斜阳，杏花零落香。"少游之"雨馀芳草斜阳，杏花零落燕泥香"虽自此脱胎，而实有出蓝之妙。（王国维《人间词话》附录）

◆到底如何是"清明雨"，读者自能想象，盖当寒食清明之际，春光明媚之时，一阵小雨，密密濛濛，收去十丈软尘，换来一片新鲜的空气，然而柳絮沾泥，落红成阵，使人觉着春光将老，引起伤春的情绪，这"清明雨"三字就可以带来这些个想象。匀，匀拭。"匀睡脸"，谓

午后小睡，睡起脂粉模糊，又加匀拭。（浦江清《词的讲解》）

菩萨蛮

夜来皓月才当午，重帘悄悄无人语。深处麝烟长，卧时留薄妆。

当年还自惜，往事那堪忆。花露月明残，锦衾知晓寒。

◎残月落花烟重。（后唐庄宗《如梦令》）

◆此自卧时至晓，所谓"相忆梦难成"也。（清张惠言《词选》）

◆"知"字凄警，与"愁人知夜长"同妙。（清陈廷焯《词则·大雅集》）

◆《菩萨蛮》十四首中，全首无生硬字句而复饶绮怨者，当推"南园满地"、"夜来皓月"二阕。馀有佳句而无章，非全璧也。（李冰若《花间集评注·栩庄漫记》）

◆此章脉络分明，写美人春夜独睡情事，自午夜至天明。……皓月中天是半夜庭除之景。"重帘悄悄"言院落之幽深。重帘深处即是卧室。……流光如水，一年又足春残，静夜独卧，不禁追思往事，自惜当年青春美好，匆匆度过，有不堪回忆者。"花落明月残"，赋而比也。花落月残是庭中之景，此人既独卧重帘之内，何由见此，此句只是虚写，取其比兴之义，以喻往事难回，旧欢已坠，起美人迟暮之伤感。言锦衾见衾中之人，一夜转侧，难以

入睡，骤觉晓寒之重。"知"字有力。（浦江清《词的讲解》）

◆此词下片两联，上联言当年自惜，下联言今已色衰，如花落月残，虽有锦衾，亦只独宿，故曰"晓寒"。或以为花落月残，不必记实。如此则"锦衾"、"晓寒"岂非尽是空话？又"花落"一句，毛本作"花露月明残"，则谓"花露"在"月明"之中滴残，易安"帘卷西风"正用此句法。"锦衾"乃指衾中人。（吴世昌《词林新话》）

◆《菩萨蛮》云"夜来皓月才当户，重帘悄悄无人语"、"竹风轻动庭除冷，珠帘月上玲珑影"、"杨柳又如丝，驿桥春雨时"、"雨后却斜阳，杏花零落香"、"牡丹花谢莺歌歇，绿杨满院中庭月"，皆写境如画，韵味隽永。（唐圭璋《词学论丛·温韦词之比较》）

菩萨蛮

雨晴夜合玲珑月，万枝香袅红丝拂。闲梦忆金堂，满庭萱草长。

绣帘垂箓簌，眉黛远山绿。春水渡溪桥，凭栏魂欲销。

◎（卓）文君姣好眉色如望远山，脸际常若芙蓉。（《西京杂记》）

◆此章正写梦。垂帘、凭栏，皆梦中情事，正应"人胜参差"三句。（清张惠言《词选》）

31

◆ "绣帷"四语婉雅。叔原"梦中惯得无拘检，又踏杨花过谢桥"，聪明语，然近于轻薄矣。（清陈廷焯《词则·大雅集》）

◆ 词人言夜合，言萱草，皆托物起兴，闺怨之辞也。……"闲梦忆金堂"者，即金堂中人有所闲忆，办即美人有所想念之意。此女子见夜合萱草之盛开，不能忘忧蠲忿，反起离索之感。忆者忆念远人，梦者神思飞越，非真烈日炎炎，作南柯一梦也。闲思闲想，无情无绪，亦可称梦，亦可称忆。……"眉黛"句接得疏远，亦递韵之法。"春水渡溪桥，凭栏魂欲销"，情词俱美，惟究与上文作如何之关联乎？勉强说来，则"春水"从上句"远山绿"三字中逗出，但远山是比喻，从虚忽度到实，其犹"惊塞雁，起城乌，画屏金鹧鸪"之从实忽度到虚之一样奇绝乎？此皆可以联想作用解释之。但上片言盛夏之景，此处忽曰春水溪桥，究嫌抵触。飞卿《菩萨蛮》于七八两句结句有极工妙不可移易者，如"双鬓隔香红，玉钗头上风"，"花落子规啼，绿窗残梦迷"之类，有敷衍陈套语如"杨柳色依依，燕归君不归"，"时节欲黄昏，无聊独倚门"之类。亦有语句虽工，但类似游离的句子，入此首固可，入另首亦无不可者，如"人远泪阑干，燕飞春又残"、"春水渡溪桥，凭栏魂欲销"之类是也。（浦江清《词的讲解》）

菩萨蛮

竹风轻动庭除冷，珠帘月上玲珑影。

山枕隐浓妆，绿檀金凤凰。

　　两蛾愁黛浅，故国吴宫远。春恨正关情，画楼残点声。

　　◎愁黛不开山浅浅。（唐吴融《玉女庙》）

　　◆芟《花间》者，额以温飞卿《菩萨蛮》十四首，而李翰林一首为词家鼻祖，以生不同时，不得例人。今读之，李如藐姑仙子，已脱尽人间烟火气；温如芙蕖浴碧，杨柳挹青，意中之意，言外之言，无不巧隽而妙入。珠璧相耀，正是不妨并美。（明汤显祖评《花间集》）

　　◆十五调中，如"团"字、"留"字、"知"字、"冷"字，皆一字法。如"惹梦"，如"香雪"，皆二字法。如"当山额"，如"金靥脸"，皆三字法。四五字、六七字皆有法，解人当自知之，不能悉记。（同上）

　　◆此言梦醒。"春恨正关情"与五章"春梦正关情"相对双锁。"青琐"、"金堂"、"故国吴宫"，略露寓意。（清张惠言《词选》）

　　◆"春恨"二语是两层，言春恨正自关情，况又独居画楼而闻残点之声乎？（清陈廷焯《云韶集》）

　　◆缠绵无尽。（清陈廷焯《词则·大雅集》）

　　◆飞卿《菩萨蛮》十四章，全是《楚骚》变相，古今之极轨也。徒赏其芊丽，误矣！（清陈廷焯《白雨斋词话》）

　　◆飞卿《菩萨蛮》，古今绝调，难求嗣响。（同上）

　　◆看人词极难，看作家之词尤难。非有真赏之眼光，不易发见其真意。有原意本浅，而视之过深者。如飞卿

《菩萨蛮》，本无甚深意，张皋文以为感士不遇，为后人所讥是也。（蔡嵩云《柯亭词论》）

◆词固言情之作，然但以情言，薄矣。必须融情入景，由景见情。温飞卿之《菩萨蛮》，语语是景，语语即是情，冯正中《蝶恋花》亦然，此其味所以醇厚也。（陈匪石《旧时月色斋词谭》）

◆今所传《菩萨蛮》诸作，固非一时一境所为，而自抒性灵，旨归忠爱，则无弗同焉。张皋文谓皆感士不遇之作，盖就其寄托深远者言之。即其直写景物，不事雕绘处，亦复绝不可追及。如"花落子规啼，绿窗残梦迷"、"杨柳又如丝，驿桥烟雨时"、"鸾镜与花枝，此情谁得知"等语，皆含思凄婉，不必求工，已臻绝诣，岂独以瑰丽胜人哉？（吴梅《词学通论》）

◆集中十馀首未必皆一时作，故辞意有重复。张皋文比而释之，以为前后映带，自成章节，此则求之过深，转不免于附会穿凿之病已。（汪东《唐宋词选评语》）

◆"竹风"以下说人晚无聊，凭枕闲卧。"隐"当读如"隐几而卧"之隐。"绿檀"承"山枕"言，檀枕也；"金凤凰"承"浓妆"言，金凤钗也；描写明艳。"吴宫"明点是宫词，昔人傅会立说，谬甚。其又一首"满宫明月梨花白"，可互证。欧阳炯之序《花间》曰："自南朝之宫体，扇北里之倡风。"此二语诠词之本质至为分明。温氏《菩萨蛮》诸篇本以呈进唐宣宗者，事见《乐府纪闻》，其述宫怨，更属当然。末二句不但结束本章，且为十四首之总结束，韵味悠然无尽。画楼残点，天将明矣。（俞平伯《读词偶得》）

◆"故国吴宫远"用西施之典故，不必指实，犹上章

34

之"家住越溪曲"也。"春恨正关情"较前章之"春梦正关情"仅换一字，此十数章本非接连叙一人一事，故亦不妨重复。前章言晨起，故曰春梦，此章尚未入睡，故云春恨。春恨者，春闺遥怨也。画楼残点，天将明矣，见其心事翻腾，一夜未睡，故乡既远，彼人又遥，身世萍飘，一无着落，不胜凄凉之感。飞卿特以此章作结，不但画楼残点，结语悠远，而且自首章言晨起理妆，中间多少时日风物之美，欢笑离别之情，直至末章写夜深入睡，是由动而返静也。（浦江清《词的讲解》）

◆此十四章如十四扇美女屏风，各有各的姿态。但细按之，此十四章之排列，确有匠心，其中两两相对，譬如十四扇屏风，展成七叠。不特此也，章与章之间，亦有蝉蜕之痕迹。首章言晨起理妆，次章言春日簪花，皆以楼居及服饰为言，此两章自然成对，意境相同，互相补足。三章言相见牡丹时，四章言春日游园，三章有"钗上双蝶舞"之句，四章言"烟草粘飞蝶"，亦相关之两扇屏风也。而二三两章之间有"双鬓隔香红，玉钗头上风"，与"翠钗金作股，钗上双蝶舞"作为蝉联之过渡。第五章言"杏花含露团香雪，绿杨陌上多离别"，第六章言"玉楼明月长相忆，柳丝袅娜春无力"，意境相同，而其下即写离别情事，此两章成为一叠。第七章"牡丹一夜经微雨"，第八章"牡丹花谢莺声歇"，亦互相关联者。而六七之间，以"玉楼明月长相忆"与"画楼相望久"、"柳丝袅娜春无力"与"阑外垂丝柳"作为蝉联之过渡也。九章"小园芳草绿，家住越溪曲"，十章"画楼音信断，芳草江南岸"，九章"杨柳色依依"，十章"杨柳又如丝"，此两章互相绾合。十一章"时节欲黄昏，无聊独倚门"，十二章"夜来皓月才当午，重帘悄悄无人语"，亦自然衔接。而十章与十一章之间，一云"驿桥春雨"，一云"一霎清明雨"，亦不无蝉蜕之过渡。第十三章"雨晴夜合玲珑日"，第十四章"珠帘月上玲珑影"，第十三章"眉黛远山绿"，第十四章"两蛾愁黛浅"，此两章自然成对。而第十二与第十三之间则以"重帘悄悄"与"绣帏垂翠幰"作为蝉蜕。由此言之，则连章之说亦未可厚非，但作者若不经意而出此。其中所叙既非一人一日之事，谓为相连成一整篇即不可。（同上）

◆亦峰云："飞卿《菩萨蛮》十四章，全是变化楚骚。"飞卿自写少女情态。与楚骚何涉？（吴世昌《词林新话》）

菩萨蛮

玉纤弹处真珠落，流多暗湿铅华薄。春露浥朝华，秋波浸晚霞。

风流心上物，本为风流出。看取薄情人，罗衣无此痕。

更漏子

柳丝长，春雨细，花外漏声迢递。惊寒雁，起城乌，画屏金鹧鸪。

香雾薄，透帘幕，惆怅谢家池阁。红

烛背，绣帷垂，梦长君不知。

◎谢娘：唐宰相李德裕家谢秋娘为名歌妓。后因以"谢娘"泛指歌妓。

◆飞卿《玉楼春》、《更漏子》，最为擅长之作。（《花间集评注》引尤侗）

◆"惊塞雁"三句，言欢戚不同，兴下"梦长君不知"也。（清张惠言《词选》）

◆"惊塞雁，起城乌，画屏金鹧鸪。"此言苦者自苦，乐者自乐。（清陈廷焯《白雨斋词话》）

◆思君之词，托于弃妇，以自写哀怨，品最工，味最厚。（清陈廷焯《词则·大雅集》）

◆明丽。（清陈廷焯《云韶集》）

◆《更漏子》四首，与《菩萨蛮》词同意。"梦长君不知"即《菩萨蛮》之"心事竟谁知"、"此情谁得知"也。前半词意以鸟为喻，即引起后半之意。塞雁、城乌，俱为惊起，而画屏上之鹧鸪，仍漠然无知，犹帘垂烛背，耐尽凄凉，而君不知也。（俞陛云《唐五代两宋词选释》）

◆全词意境尚佳，惜"画屏金鹧鸪"一句强植其间，文理均因而扞格矣。（李冰若《花间集评注·栩庄漫记》）

◆这一首是描写相思的词。上片开头三句是说：在深夜里听到遥远的地方传来的漏声，这声音好像柳丝那样长，春雨那样细。由此可知，已经是夜深人静的时候了。同时也点出人的失眠，因为只有夜深失眠的人，才会听见这又远、又细、又长的声响。下面"惊塞雁"三句是说：

这漏声虽细，却能惊起边疆关塞上的雁儿和城墙上的乌鸦，而只有屏风上画的金鹧鸪却不惊不起，无动于衷。事实上细长的漏声是不会惊起"塞雁"与"城乌"的，这是作者极写不眠者的心情不安，感觉特别灵敏。……鹧鸪不惊不起，是何道理？这使我们想起温庭筠《菩萨蛮》词中有"双双金鹧鸪"之句，由此可以悟这首词写金鹧鸪不惊不起，是由于它成双成对，无忧无愁。这样写的目的，正是反衬人的孤独。……下片结句点明"惆怅"的原因，也很隐微曲折。一首四十多字的小令，而写来这样婉约、含蓄，这正是温庭筠小令的特有风格。（夏承焘《唐宋词欣赏》）

◆ "塞雁"、"城乌"是真的鸟，屏上的"金鹧鸪"却是画的，意想极妙。……"谢家池阁"，字面似从谢灵运《登池上楼》诗来，词意盖为"谢娘家"，指女子所居。韦庄《浣溪沙》："小楼高阁谢娘家。"这里不过省去一"娘"字而已。（俞平伯《唐宋词选释》）

◆ 飞卿《更漏子》写暮春景色。柳絮已飘尽，无絮可飘，不可咏絮，故曰："惆怅谢家池阁"，正用咏絮故事，当然要说"谢家"，亦兼叹春色已尽。"谢家池阁"，或注为谢娘家，添入一"娘"字，把道韫之大家闺秀，改成倡家之通称，岂不唐突古人？……此词关键全在下片。由末句说明上片之"塞雁"、"城乌"，皆梦中所见，因而惊醒，则其人仍独宿于金鹧鸪之画屏前。下片写醒后情景，点出帘幕中所卧者乃谢家姑娘（以专名作为共用名）。"红烛背，绣帘垂"二句，正小山"酒醒帘幕低垂"一语所本。凡此皆文人代怨女作怀人之词也。而张惠言《词选》评上片末三句曰"三句言欢戚不同"，亦峰亦

38

曰："此言苦者自苦，乐者自乐。"两说皆非真小知所云，试问谁欢谁戚，谁苦谁乐？（吴世昌《词林新话》）

◆按塞雁、城乌，对文。此言漏声迢递，非但感人，即征塞之雁，闻之则惊；宿城之乌，闻之则起，其不为感动者，惟画屏上之金鹧鸪耳。以真鸟与假鸟对比，衬出胸中难言之痛，此法惟飞卿能之。（华钟彦《花间集注》）

更漏子

星斗稀，钟鼓歇，帘外晓莺残月。兰露重，柳风斜，满庭堆落花。

虚阁上，倚栏望，还似去年惆怅。春欲暮，思无穷，旧欢如梦中。

◎柳风：指春风。

◎往事只应随梦里。（唐杜牧《旅怀作》）

◆"帘外晓莺残月"，妙矣。而"杨柳晓风残月"更过之。宋诗远不及唐，而词多不让，其故殆不可解。（明汤显祖评《花间集》）

◆"兰露重"三句，与"塞雁"、"城乌"义同。（清张惠言《词选》）

◆"兰露重，柳风斜，满庭堆落花"，此又言盛者自盛、衰者自衰，亦即上章苦乐之意。颠倒言之，纯是风人章法，特改换面目，人自不觉耳。（清陈廷焯《白雨斋词话》）

◆"兰露"三句，即上章意，略将欢戚颠倒为变换。

"还是去年惆怅"，欲语复咽，中含无限情事，是为沉郁。"旧欢"五字，结出不堪回首意。（清陈廷焯《词则·大雅集》）

◆下阕追忆去年已在惆怅之时，则此日旧欢回首，更迢遥若梦矣。（俞陛云《唐五代两宋词选释》）

更漏子

金雀钗，红粉面，花里暂时相见。知我意，感君怜，此情须问天。

香作穗，蜡成泪，还似两人心意。山枕腻，锦衾寒，觉来更漏残。

◎时复见残灯，和烟坠金穗。（唐韩偓《生查子》）

更漏子

相见稀，相忆久，眉浅淡烟如柳。垂翠幕，结同心，待郎熏绣衾。

城上月，白如雪，蝉鬓美人愁绝。宫树暗，鹊桥横，玉签初报明。

◎漠漠远山眉黛浅。（唐罗隐《江南曲》）
◎月出鲁城东，明如天上雪。（唐李白《酬张卿夜宿南陵见赠》）

◆口头语，平衍不俗，亦是填词当家。（明汤显祖评《花间集》）

◆"蝉鬓美人愁绝"，果是妙语。飞卿《更漏子》、《河渎神》，凡两见之。李空同所谓自家物终久还来耶。（清王士禛《花草蒙拾》）

◆飞卿词中重句重意，屡见《花间集》中，由于意境无多，造句过求妍丽，故有此弊，不仅"蝉鬓美人"一句已也。（李冰若《花间集评注·栩庄漫记》）

更漏子

背江楼，临海月，城上角声呜咽。堤柳动，岛烟昏，两行征雁分。

京口路，归帆渡，正是芳菲欲度。银烛尽，玉绳低，一声村落鸡。

◎玉绳：星名。

◆（"两行征雁分"）句好。（明汤显祖评《花间集》）

◆全词从头到尾写舟中所见实景，条理井然，景色如画。（丁寿田等《唐五代四大名家词》甲篇）

◆就行役昏晓之景，由城内而堤边，而渡口，而村落，次第写来，不言愁而离愁自见。其"征雁"句寓分手之感。唐人七岁女子诗"所嗟人异雁，不作一行飞"，亦即此意。结句与飞卿《过潼关》诗"十里晓鸡关树暗，一行寒雁陇云愁"，清真词"露寒人远鸡相应"，皆善写晓

41

行光景。（俞陛云《唐五代两宋词选释》）

◆前阕六句，由天色未明，说到已明，次序甚清。皆己亲见亲闻之景。过片以后，既叙远人情事。"银烛"三句，当是自己所见所闻者。（华钟彦《花间集注》）

更漏子

玉炉香，红蜡泪，偏照画堂秋思。眉翠薄，鬓云残，夜长衾枕寒。

梧桐树，三更雨，不道离情正苦。一叶叶，一声声，空阶滴到明。

◎夜雨滴空阶。（南朝何逊《临行与故游夜别》）

◆庭筠工于造语，极为绮靡，《花间集》可见矣。《更漏子》一词尤佳（词略）。（宋胡仔《苕溪渔隐丛话》后集）

◆"夜雨滴空阶"，五字不为少；此二十三字不为多。（明卓人月《古今词统》徐士俊评）

◆子野句"深院锁黄昏，阵阵芭蕉雨"，似足该括此首，第观此始见其妙。（明沈际飞《草堂诗馀正集》）

◆前以夜阑为思，后以夜雨为思，善能体出秋夜之思者。（明李廷机《草堂诗馀评林》）

◆太白如姑射仙人，温尉是王谢子弟。温尉词当看其清真，不当看其繁缛。胡元任谓庭筠工于造语，极为奇丽。然如《更漏子》云："梧桐树，三更雨，不道离情正苦。一叶叶，一声声，空阶滴到明。"语弥淡，情弥苦，

【温庭筠词集】

42

非奇丽为佳者矣。（清谢章铤《赌棋山庄词话》）

◆《更漏子》（玉炉香）已上三首，与后毛文锡作，皆言夜景，略及清晨，想亦缘调所赋耳。（清许昂霄《词综偶评》）

◆"梧桐雨"以下，似直下语，正从"夜长"逗出，亦书家无垂不缩之法。（清谭献《谭评词辨》）

◆飞卿《更漏子》三章，自是绝唱，而后人独赏其末章"梧桐树"数语。胡元任云："庭筠工于造语，极为奇丽，此词尤佳。"即指"梧桐树"数语也。不知"梧桐树"数语，用笔较快，而意味无上二章之厚。胡氏不知词，故以"奇丽"目飞卿，且以此章为飞卿之冠，浅视飞卿者也。后人从而和之，何也？（清陈廷焯《白雨斋词话》）

◆飞卿《更漏子》三章，后来无人为继。（清陈廷焯《白雨斋词话》）

◆遣词凄绝，是飞卿本色。结三语开北宋先声。（清陈廷焯《云韶集》）

◆后半阕无一字不妙，沉郁不及上二章，而凄警特绝。（清陈廷焯《词则·大雅集》）

◆此首亦以上半阕引起下文。惟其锦衾角枕，耐尽长宵，故桐叶雨声，彻夜闻之。后人用其词意入诗云："枕边泪共窗前雨，隔个窗儿滴到明。"加一泪字，弥见离情之苦。但语意说尽，不若此词之含浑。（俞陛云《唐五代两宋词选释》）

◆飞卿此词，自是集中之冠，寻常情景，写来凄婉动人，全由秋思离情为其骨干。宋人"枕前泪共窗前雨，隔个窗儿滴到明"，本此而转成淡薄。温词如此凄丽有情

43

致，不为设色所累者，寥寥可数也。温韦并称，赖有此耳。（李冰若《花间集评注·栩庄漫记》）

◆"梧桐树"以下，谭献评《词辨》："似直下语，正从'夜长'逗出，亦书家无垂不缩之法。"谭评末句不大明白。后半首写得很直，而一夜无眠却终未说破，依然含蓄；谭意或者如此罢。（俞平伯《唐宋词选释》）

◆此首写离情，浓淡相间，上片浓丽，下片疏淡。通篇自昼至夜，自夜至晓，其境弥幽，其情弥苦。上片，起三句写境，次三句写人。画堂之内，惟有炉香、蜡泪相对，何等凄寂。迨至夜长衾寒之时，更愁损矣。眉薄鬓残，可见展转反侧、思极无眠之况。下片，承夜长来，单写梧桐夜雨，一气直下，语浅情深。宋人句云："枕前泪共阶前雨，隔个窗儿滴到明。"从此脱胎，然无上文之浓丽相配，故不如此词之深厚。（唐圭璋《唐宋词简释》）

归国遥

香玉，翠凤宝钗垂簶簶。钿筐交胜金粟，越罗春水绿。

画堂照帘残烛，梦馀更漏促。谢娘无限心曲，晓屏山断续。

◎谢娘：唐宰相李德裕家谢秋娘为名歌妓。后因以"谢娘"泛指歌妓。

◆芙蓉脂腻绿云鬟，故觉钗头玉亦香。（明汤显祖评《花间集》）

44

◆温庭筠喜用"麗斲"及"金鹧鸪"、"金凤凰"等类字，是西昆积习。金皆衣上织金花纹，"麗斲"，今垂缨也。（清李调元《雨村词话》）

◆此词及下一首，除堆积丽字外，情境俱属下劣。（李冰若《花间集评注·栩庄漫记》）

归国遥

双脸，小凤战篦金飔艳。舞衣无力风敛，藕丝秋色染。

锦帐绣帷斜掩，露珠清晓簟。粉心黄蕊花靥，黛眉山两点。

◆按飔，占琰切。《说文》：风吹浪动也。《正字通》：凡风动与物受风摇动者，皆谓之飔。柳宗元诗："惊风乱飔芙蓉水。"（刘瑞潞《唐五代词钞小笺》）

◆《归国遥》云（略），则全写一美人颜色服饰之态，而情酝酿其中，却无一句写出。（唐圭璋《词学论丛·温韦词之比较》）

酒泉子

花映柳条，闲向绿萍池上。凭栏干，窥细浪，两萧萧。

近来音信两疏索，洞房空寂寞。掩银

屏，垂翠箔，度春宵。

◎疏索：稀疏，稀少。

◆《酒泉子》强半用三字句最易。（明汤显祖评《花间集》）

◆银屏翠箔丽矣，奈洞房寂寞度春宵何！（李冰若《花间集评注·栩庄漫记》）

酒泉子

日映纱窗，金鸭小屏山碧。故乡春，烟霭隔，背兰釭。

宿妆惆怅倚高阁，千里云影薄。草初齐，花又落，燕双双。

◆这首词确有点前后舛错的嫌疑。因为此词的背景，若就"千里云影薄"、"日映纱窗"诸句看，显然是白昼；但就"背兰釭"句论，又似乎是夜间。……这些隐晦艰涩、前后舛错的作品，便是温词失败的处所。（陆侃如、冯沅君《中国诗史》）

◆这首词是不是"前后舛错"呢？我看，并不见得。前阕写日色穿窗，到默对炉香，背着灯光，由外写到内；后阕写倚阁怅望，看看远景，看看近景，紧接上结自内向外，后由远到近，由模糊到明晰，而以景结情终，含有馀不尽之味。通篇思路流贯，层次分明，丝毫也没有"舛错"。写的不是一天的情事，而是两天的情事（也可以说是日复一日的情事），过阕已用"宿妆"两字交代清楚。……词的后阕连用云影、芳草、落花、双燕几种足以触动离情的景物，写来又很鲜明生动。（詹安泰《宋词散论·温词管窥》）

酒泉子

楚女不归，楼枕小河春水。月孤明，风又起，杏花稀。

玉钗斜篸云鬓重，裙上金缕凤。八行书，千里梦，雁南飞。

◎唯有月孤明，犹能远送人。（唐陈昭《湘东宴曲》）

◆《酒泉子》云："月孤明，风又起，杏花稀。"作小令不似此着色取致，便觉寡味。（清吴衡照《莲子居词话》）

◆情词凄怨，三句中有多少层折。（清陈廷焯《词则·别调集》）

◆《酒泉子》云"裙上金缕凤"，《菩萨蛮》云"新贴绣罗襦，双双金鹧鸪"，皆写人之衣裙也。（唐圭璋《词学论丛·温韦词之比较》）

酒泉子

罗带惹香，犹系别时红豆。泪痕新，

金缕旧，断离肠。

一双娇燕语雕梁，还是去年时节。绿阴浓，芳草歇，柳花狂。

◎豆有圆而红其首乌者，举世呼为相思子，即红豆之异名也。（唐李匡乂《资暇集》）

◆纤词丽语，转折自如，能品也。（明汤显祖评《花间集》）

◆离情别恨，触绪纷来。（李冰若《花间集评注·栩庄漫记》）

◆温词《酒泉子》四首，独此首此句（"一双娇燕语雕梁"），"梁"字不与下句叶，而与前阕"香""肠"、后阕"狂"字叶，与前三首均各不同。（华钟彦《花间集注》）

定西番

汉使昔年离别。攀弱柳，折寒梅，上高台。

千里玉关春雪，雁来人不来。羌笛一声愁绝，月徘徊。

◎陆凯与范晔相善，自江南寄梅花一枝，诣长安与晔，并赠花诗曰："折花逢驿使，寄与陇头人。江南无所有，聊赠一枝春。"（《太平御览》引南朝宋盛弘之《荆

温庭筠词集

州记》）

◎何处相思明月楼，可怜楼上月徘徊。（唐张若虚《春江花月夜》）

◆"月徘徊"是"香稻啄残鹦鹉粒"句法。（明汤显祖评《花间集》）

◆攀柳折梅，皆所以写离别之思。末二句闻笛见月，伤之也。（明董其昌《新锓订正评注便读草堂诗馀》）

◆此词前后段起句及后段第三句俱间押仄韵，温庭筠别首"海燕欲飞"词与此同，其平仄如一。（清王奕清等《词谱》）

定西番

海燕欲飞调羽。萱草绿，杏花红，隔帘栊。

双鬟翠霞金缕，一枝春艳浓。楼上月明三五，琐窗中。

◎海燕飞时独倚楼。（唐戴叔伦《寄司空曙》）
◎一枝浓艳露凝香。（唐李白《清平调》）
◆（结尾二句）不知秋思在谁家。（明汤显祖评《花间集》）

定西番

细雨晓莺春晚。人似玉，柳如眉，正

49

相思。

罗幕翠帘初卷，镜中花一枝。肠断寒门消息，雁来稀。

◆《定西番》三首有"雁来人不来"、"肠断塞门消息，雁来稀"句，亦藉莺雁以寄离情，其意境与《蕃女怨》词相类。（俞陛云《唐五代两宋词选释》）

杨柳枝

宜春苑外最长条，闲袅春风伴舞腰。正是玉人肠绝处，一渠春水赤栏桥。

◎枝袅轻风似舞腰。（唐白居易《杨柳枝》）

◎一渠春水柳千条。（唐白居易《板桥路》）

◎水边垂柳赤阑桥，洞里仙人碧玉箫。（唐顾况《叶道士山房》）

◆风神旖旎，得题之神。（李冰若《花间集评注·栩庄漫记》）

◆（末二句）言柳条虽新，而舞腰不在。玉人感物自伤，不觉一沟春水，已流过赤栏桥边。而桥边杨柳，更觉依依可怜也！（华钟彦《花间集注》）

杨柳枝

南内墙东御路帝，须知春色柳丝黄。
杏花未肯无情思，何事行人最断肠？

◎南内：唐代长安的兴庆宫。

◆言柳乃无情之物，非杏花可比。杏花未肯似柳之无情，何为亦令人断肠耶！（华钟彦《花间集注》）

杨柳枝

苏小门前柳万条，毵毵金线拂平桥。
黄莺不语东风起，深闭朱门伴舞腰。

◎《乐府广题》曰："苏小小，钱塘名倡也。盖南齐时人。"（《乐府诗集·杂歌谣辞三·〈苏小小歌〉序》）

◎绿岸毵毵杨柳垂。（唐孟浩然《高阳池》）

杨柳枝

金缕毵毵碧瓦沟，六宫眉黛惹春愁。
晚来更带龙池雨，半拂栏杆半入楼。

◎龙池：在唐长安隆庆坊玄宗未即位时所居的旧邸旁。

◆新词丽句，令人想见张绪风流。（李冰若《花间集

杨柳枝

馆娃宫外邺城西，远映征帆近拂堤。
系得王孙归意切，不关芳草绿萋萋。

◎馆娃宫：古代吴宫名。春秋吴王夫差为西施所造。在今江苏省苏州市西南灵岩山上，灵岩寺即其旧址。

◎王孙游兮不归，春草生兮萋萋。（《楚辞·招隐士》）

◆宋臣云："构语闲旷，结趣萧散，豪纵自然。"唐汝询云："馆娃邺城多柳，映帆拂堤，状其盛也。古人见春草而思王孙，我以为添王孙绿意者，在此不在彼。"周珽云："推开春草，为杨柳立门户，一种深思，含蓄不尽，奇意奇调，超出此题多矣。"郭睿云："'系'字实着柳上妙，落句反结有情。"（明周珽《删补唐诗选脉笺释会通评林》）

◆言王孙归意虽切，而杨柳能系之，非为春草之故，盖讽惑溺之士也。（清黄生《唐诗摘抄》）

◆声情绵邈，"系"字甚佳。与白傅永丰首，可谓异曲同工。（李冰若《花间集评注·栩庄漫记》）

杨柳枝

两两黄鹂色似金，袅枝啼露动芳音。

春来幸自长如线，可惜牵缠荡子心。

◎东风柳线长。（南朝范云《送别》）

杨柳枝

御柳如丝映九重，凤凰窗近绣芙蓉。
景阳楼畔千条路，一面新妆待晓风。

◎汉家宫里柳如丝。（《梁州曲》）
◎景阳楼下绾青丝。（唐张祜《杨柳枝》）
◆言清晓柳色清新，如晨妆初罢，以待晓风也。"万
木无风待雨来"，可为"待"字笺。此句乃承上景阳楼而
来，极有境界。（丁寿田等《唐五代四大名家词》甲篇）

杨柳枝

织锦机边莺语频，停梭垂泪忆征人。
塞门三月犹萧索，纵有垂杨未觉春。

◆《杨柳枝》，唐自刘禹锡、白乐天而下。凡数十
首。然惟咏史咏物，比讽隐含，方能各极其妙。如"飞入
宫墙不见人"、"随风好去入谁家"、"万树千条各自
垂"等什，皆感物写怀，言不尽意，真托咏之名匠也。此
中三、五、卒章，真堪方驾刘、白。（明汤显祖评《花间

集》）

◆此咏塞门柳也。感莺语而伤春，却停梭而忆远，悲塞门之萧索，犹春到而不知，少妇闺中，能无垂泪。（清黄叔灿《唐诗笺注》）

◆宋人诗好处，便是唐词。然飞卿《杨柳枝》八首，终为宋诗中振绝之境，苏、黄不能到也。唐人以馀力为词，而骨气奇高，文藻温丽。有宋一代学人，专志于此，骎骎入古，毕竟不能脱唐、五代之窠臼，其道亦难矣！（龙榆生《唐宋名家词选》引郑义焯评《花间集》）

◆"塞门"二句，亦犹"春风不度玉门关"之意，而翻用之。亦复绮怨撩人。（李冰若《花间集评注·栩庄漫记》）

◆"塞门"两句，翻用王之涣《凉州词》"羌笛何须怨杨柳，春风不度玉门关"意，更深一层。（俞平伯《唐宋词选释》）

新声杨柳枝

一尺深红蒙曲尘，天生旧物不如新。
合欢桃核终堪恨，里许元来别有人。

◆裴郎中诚，晋国公次弟子也，足情调，善谈谐。举子温岐为友，好作歌曲，迄今饮席，多是其词焉。裴君既入台，而为三院所谴曰："能为淫艳之歌，有异清洁之上也。"裴君《南歌子》词云（略）。二人又为《新添声杨柳枝》词，饮筵竞唱其词而打令也。词云（略）。湖州崔

[温庭筠词集]

郎中刍言，初为越副戎，宴席中有周德华。德华者，乃刘
采春女也。虽《啰唝》之歌不及其母，而《杨柳枝》词，
采春难及。崔副车宠爱之异，将至京洛。后豪门女弟子从
其学者众矣。温、裴所称歌曲，请德华一陈音韵，以为浮
艳之美，德华终不取焉。二君深有愧色。所唱者七八篇，
乃近日名流之咏也。（唐范摅《云溪友议》）

◆温飞卿小诗云："合欢桃核真堪恨，里许元来别有
人。"山谷演之曰："你有我，我无你，分似合欢桃核，
真堪人恨，心儿里有两个人人。"拙矣。（清贺裳《皱水
轩词筌》）

新声杨柳枝

井底点灯深烛伊，共郎长行莫围棋。
玲珑骰子安红豆，入骨相思知不知？

◆博之流为樗蒲。……古惟斫木为子，一具凡五子，
故名"五木"，后世转而用石、用玉、用象、用骨。……
唐世则镂骨为窍，朱墨杂涂，数以为采。亦有出意为巧
者，取相思红子纳置窍中，使其色明现而易见。故温飞卿
艳词曰："玲珑骰子安红豆，入骨相思知也无？"（宋程
大昌《演繁露》）

◆《新添声杨柳枝》，温庭筠作。时饮筵竞歌，独女
优周德华以声太浮艳不取。（明胡震亨《唐音癸签》）

南歌子

　　手里金鹦鹉，胸前绣凤凰。偷眼暗形相。不如从嫁与，作鸳鸯。

◆短调中能尖新而转换，自觉隽永可思。腐句腐字一毫用不着。（明汤显祖评《花间集》）

◆《峨嵋山月》四句无地名，此词四句三鸟名。（明卓人月《古今词统》徐士俊评）

◆尽头语，单调中重笔，五代后绝响。（清谭献《复堂词话》）

◆"偷眼暗形相"五字，开后人多少香奁佳话。（清陈廷焯《云韶集》）

◆五字摹神。"鸳鸯"二字与上"鹦鹉"、"凤凰"映射成趣。（清陈廷焯《词则·闲情集》）

◆《花间集》词多婉丽，然亦有以直快见长者。如"不如从嫁与，作鸳鸯"、"此时还恨薄情无"等词，盖有乐府遗风也。（李冰若《花间集评注·栩庄漫记》）

◆（"手里"二句）一指小针线，一指大针线。小件拿在手里，所以说"手里金鹦鹉"。大件绷在架子上，俗称"绷子"，古言"绣床"，人坐在前，约齐胸，所以说"胸前绣凤凰"。和下面"作鸳鸯"对照，结出本意。"形相"，犹说打量，相看。……"从"，任从。"从嫁与"，就这样嫁给他，不仔细考虑。（俞平伯《唐宋词选释》）

◆有注首二句为：一指小针线，一指大针线，小件拿在手里，故说"手里金鹦鹉"，大件绷在架子上，古称

"绣床",人坐在前,约齐胸,故说"胸前绣凤凰"云云。按:首句谓贵公子手里持金笼鹦鹉,次句写女子妆束,故有三句偷看少年,存心嫁他之意。若如注云,第三句便无着落,首二句亦不通,一女子岂能同时绣二件?绣时"形相"谁?要嫁谁?嫁给鹦鹉、凤凰吗?(吴世昌《词林新话》)

◆金鹦鹉,手里所携者;绣凤凰,衣上之花也。此指贵介公子言。以真鸟与假鸟对举,引起下文抽象之鸟。其意境较前《更漏子》第一首,尤为显明。(华钟彦《花间集注》)

南歌子

似带如丝柳,团酥握雪花。帘卷玉钩斜。九衢尘欲暮,逐香车。

◆温庭筠《南歌子》"团苏握雪花",言花之白如团苏也,与酥同义。(清李调元《雨村词话》)
◆源出古乐府。(清谭献《谭评词辨》)

南歌子

鬟鬓低梳髻,连娟细扫眉。终日两相思。为君憔悴尽,百花时。

◎堕马髻,今无复作者。倭堕髻,一云堕马之馀形

【温庭筠词集】

也。（晋崔豹《古今注·杂注》。鬓髿：即倭堕。）

◎长眉连娟，微睇绵藐。（《史记·司马相如列传》。司马贞索隐引郭璞曰："连娟，眉曲细也。"）

◆"百花时"三字，加倍法，亦重笔也。（清谭献《谭评词辨》）

◆低回欲绝。（清陈廷焯《词则·闲情集》）

◆此首写相思，纯用拙重之笔。起两句，写貌。"终日"句，写情。"为君"句，承上"相思"，透进一层，低回欲绝。（唐圭璋《唐宋词简释》）

南歌子

脸上金霞细，眉间翠钿深。敧枕覆鸳衾。隔帘莺百啭，感君心。

◆婉娈缠绵。（李冰若《花间集评注·栩庄漫记》）

南歌子

扑蕊添黄子，呵花满翠鬟。鸳枕映屏山。月明三五夜，对芳颜。

◎呵花贴鬓粘寒发。（唐韩偓《密意》）

◆"扑蕊"、"呵花"四字，未经人道过。（明汤显祖评《花间集》）

◆此词与上阕同一机抒而更怊怅自怜。（李冰若《花

南歌子

转眄如波眼，娉婷似柳腰。花里暗相招。忆君肠欲断，恨春宵。

◆ "恨春宵"三字，有多少宛折。（清陈廷焯《云韶集》）

◆ 末二句率致无馀味。（李冰若《花间集评注·栩庄漫记》）

南歌子

懒拂鸳鸯枕，休缝翡翠裙。罗帐罢炉熏。近来心更切，为思君。

◆ 温飞卿作《南乡子》九阕，高胜不减梦得《竹枝》，迄今无深赏音者。（宋陆游《徐大用乐府序》）

◆ 飞卿《南乡子》八阕，语意工妙，殆可追配刘梦得《竹枝》，信一时杰作也。（宋陆游《跋金奁集》）

◆ 上三句三层，下接"近来"五字甚紧，真是一往情深。（清陈廷焯《词则·闲情集》）

◆ 上三句三层，下接"近来"二字，妙甚。（清陈廷焯《云韶集》）

◆ "懒"、"休"、"罢"三字皆为思君之故，用"近

来"二字，更进一层，于此可悟用字之法。（李冰若《花间集评注·栩庄漫记》）

◆飞卿《南歌子》七首，有《菩萨蛮》之绮艳，而其堆砌，天机云锦，同其工丽。而人之盛推《菩萨蛮》为集中之冠者，何耶？（同上）

◆此首，起三句三层。"近来"句，又深一层。"为思君"句总束，振起全词，以上所谓"懒"、"休"、"罢"者，皆思君之故也。（唐圭璋《唐宋词简释》）

河渎神

河上望丛祠，庙前春雨来时。楚山无限鸟飞迟，兰棹空伤别离。

何处杜鹃啼不歇？艳红开尽如血。蝉鬓美人愁绝，百花芳草佳节。

◎丛祠：建在丛林中的神庙。
◎花上千枝杜鹃血。（唐温庭筠《锦城曲》）
◆《河渎神》三章，寄哀怨于迎神曲中，得《九歌》之遗意。（清陈廷焯《词则·别调集》）

河渎神

孤庙对寒潮，西陵风雨萧萧。谢娘惆怅倚兰桡，泪流玉箸千条。

暮天愁听思归乐，早梅香满山郭。回
首两情萧索，离魂何处飘泊？

◎西陵：西陵峡。

◎玉箸：眼泪。

◎山中不栖鸟，夜半声嘤嘤。似道思归乐，行人掩泣
听。（唐白居易《和思归乐》）

◆二词颇无深致，亦复千古并传。柏梁、金谷兰亭，
带挈中乘人不少，上驷之冤，亦下驷之幸。聊搁笔为之一
噱。（明汤显祖评《花间集》）

◆起笔苍茫中有神韵，音节凑合。（清陈廷焯《云韶
集》）

河渎神

铜鼓赛神来，满庭幡盖徘徊。水村江
浦过风雷，楚山如画烟开。

离别橹声空萧索，玉容惆怅妆薄。青
麦燕飞落落，卷帘愁对珠阁。

◆上半阕颇有《楚辞·九歌》风味。"楚山"一语最
妙。（李冰若《花间集评注·栩庄漫记》）

◆此调多用以咏鬼神、祠庙。如《临江仙》、《女冠
子》则以咏神仙、女冠。唐五代词多以调为题，绝无另标
题目者。至宋人始以调为律，而别标题，以明其事。北宋

犹多不书题者。至南宋，则几乎无词无题。如唐五代词之
本调意者，绝鲜矣。（刘瑞潞《唐五代词钞小笺》）

女冠子

含娇含笑，宿翠残红窈窕。鬓如蝉。
寒玉簪秋水，轻纱卷碧烟。

雪胸鸾镜里，琪树凤楼前。寄语青娥
伴，早求仙。

◎斜簪映秋水。（南朝沈约《携手曲》）
◆"宿翠残红窈窕"，新妆初试，当更妩媚撩人，情
语不当为登徒子见也。（明汤显祖评《花间集》）
◆"宿翠残妆尚窈窕"，新妆又当何如？（明沈际飞
《草堂诗馀别集》）
◆"寒玉"二句，仙乎？幽闲之情。浪子风流，艳词
发之。（同上）
◆绮语撩人，丽而秀，秀而清，故佳。清而能炼。
（清陈廷焯《云韶集》）
◆仙骨珊珊，知非凡绝。（清陈廷焯《词则·闲情
集》）

女冠子

霞帔云发，钿镜仙容似雪。画愁眉。

遮语回轻扇，含羞下绣帷。

　　玉楼相望久，花洞恨来迟。早晚乘鸾去，莫相遗。

　　◎（司马承祯）对曰："国犹身也，故游心于淡，合气于漠，与物自然而无私焉，而天下治。"帝嗟昧曰："广成之言也！"锡宝琴、霞纹帔，还之。（《新唐书·隐逸传·司马承祯》。后以"霞帔"称道士服。）

　　◆如《菩萨蛮》云"蕊黄无限当山额"、"鬓云欲度香腮雪"，《南歌子》云"倭堕低梳髻，连娟细扫眉"、"脸上金霞细，眉间翠钿深"，《女冠子》云"霞帔云发，钿镜仙容似雪"，皆写人之容貌也。（唐圭璋《词学论丛·温韦词之比较》）

　　◆（开头）言女冠服饰之盛也。"画愁"三句，叙女冠在凡时女伴，终日含羞倚愁也。"玉楼"二句，言玉楼中之女伴，思念女冠，望其早归，而花洞中之女冠，怀想女伴，恨其迟来也。"早晚"二句，女伴之愿词也。（华钟彦《花间集注》）

玉胡蝶

　　秋风凄切伤离，行客未归时。塞外草先衰，江南雁到迟。

　　芙蓉凋嫩脸，杨柳堕新眉。摇落使人悲，肠断谁得知？

◎凉秋九月，塞外草衰。（汉李陵《答苏武书》）

◎悲哉秋之为气也！萧瑟兮草木摇落而变衰。（《楚辞·九辩》）

◆"塞外"十字，抵多少《秋声赋》。（清陈廷焯《云韶集》）

◆飞卿词"此情谁得知"、"梦长君不知"、"断肠谁得知"，三押"知"字，皆妙。（同上）

清平乐

上阳春晚，宫女愁蛾浅。新岁清平思同辇，怎奈长安路远。

凤帐鸳被徒熏，寂寞花锁千门。竞把黄金买赋，为妾将上明君。

◎上阳：唐宫名。

◎同辇：指与天子同车。

◎晋明帝数岁，坐元帝膝上。有人从长安来，元帝问洛下消息，潸然流涕。明帝问何以致泣，具以东度意告之。因问明帝："汝意长安何如日远？"答曰："日远。不闻人从日边来，居然可知。"元帝异之。明日，集群臣宴会，告以此意，更重问之。乃答曰："日近。"元帝失色，曰："尔何故异昨日之言邪？"答曰："举目见日，不见长安。"（《世说新语·夙慧》）

◎孝武皇帝陈皇后，时得幸，颇妒，别在长门宫，愁闷悲思。闻蜀郡成都司马相如，天下工为文，奉黄金百

斤，为相如、文君取酒，因于解悲愁之词。而相如为文以悟主上，陈皇后复得亲幸。（汉司马相如《长门赋》序）

◆《清平乐》亦创自太白，见吕鹏《遏云集》，凡四首。黄玉林以二首无清逸，气韵促促，删去，殊恼人。此二词不知应作何去取。（明汤显祖评《花间集》）

清平乐

洛阳愁绝，杨柳花飘雪。终日行人恣攀折，桥下水流呜咽。

上马争劝离觞，南浦莺声断肠。愁杀平原年少，回首挥泪千行。

◎子交手兮东行，送美人兮南浦。（《楚辞·九歌·河伯》。后常用"南浦"称送别之地。）

◆上半阕最见风骨，下半阕微逊。上三句说杨柳，下忽接"桥下水流呜咽"六字，正以衬出折柳之悲，水亦为此呜咽。如此着墨，有一片神光，自离自合。（清陈廷焯《云韶集》）

◆"桥下"句从离人眼中看得，耳中听得。（清陈廷焯《词则·放歌集》）

◆此词悲壮而有风骨，不类儿女惜别之作。其作于被贬之时乎？（丁寿田等《唐五代四大名家词》甲篇）

◆通是写离人情事，结句尤佳。临岐忍泪，恐益其悲，更难为别。至别后回头，料无人见，始痛洒千行之泪，洵情至语也。后人有出门诗云："欲泣恐伤慈母意，出门方洒泪千行。"此意于别母时赋之，弥见天性之笃。
（俞陛云《唐五代两宋词选释》）

遐方怨

凭绣槛，解罗帷。未得君书，肠断
潇湘春雁飞。不知征马几时归？海棠花谢
也，雨霏霏。

◎今我来思，雨雪霏霏。（《诗经·小雅·采薇》）

◆神致宛然。（清陈廷焯《云韶集》）

◆词中有以情语结者，有以景语结者。景语含蓄，
较情语尤有意味。唐五代词中，温飞卿多用景结语，韦端
己多用情结语。温词如《遐方怨》结云："不知征马几
时归。海棠花谢也，雨霏霏。"韦词如《女冠子》结云：
"觉来知是梦，不胜悲。"虽各极其妙，然温更有馀韵。
（唐圭璋《词学论丛·论词之作法》）

遐方怨

花半坼，雨初晴。未卷珠帘，梦残
惆怅闻晓莺。宿妆眉浅粉山横，约鬟鸾镜
里，绣罗轻。

◆"断肠"、"梦残"二语，音节殊妙。（明卓人月

66

《古今词统》徐士俊评）

◆"梦残"句妙，"宿妆"句又太雕矣。"粉山横"意指额上粉，而字句甚生硬。（李冰若《花间集评注·栩庄漫记》）

◆《遐方怨》二首，有"断肠潇湘春雁飞"、"梦残惆怅闻晓莺"句……亦藉莺雁以寄离情，其意境与《蕃女怨》词相类。（俞陛云《唐五代两宋词选释》）

诉衷情

莺语，花舞，春昼午，雨霏微。金带枕，宫锦，凤凰帷。柳弱燕交飞，依依。辽阳音信稀，梦中归。

◎（曹植）汉末求甄逸女，既不遂。太祖回与五官中郎将。植殊不平，昼思夜想，废寝与食。黄初中入朝，帝示植甄后玉镂金带枕，植见之，不觉泣。时已为郭后谗死。帝意亦寻悟，因令太子留宴饮，仍以枕赍植。（《文选·曹植〈洛神赋〉》李善注）

◆节愈促，词愈婉。结三字凄绝。（清陈廷焯《词则·别调集》）

思帝乡

花花，满枝红似霞。罗袖画帘肠断，

卓香车。回面共人闲语，战篦金凤斜。惟有阮郎春尽，不归家。

◎汉明帝永平五年，剡县刘晨、阮肇共入天台山取谷皮，迷不得返，经十三日，粮食乏尽，饥馁殆死。遥望山上有一桃树，大有子实，而绝岩蹇涧，永无登路。攀援藤葛，乃得至上。各啖数枚，而饥止体充。复下山，持杯取水，欲盥漱，见芜菁叶从山腹流出，甚鲜新，复一杯流出，有胡麻饭糁，相谓曰："此知去人径不远。"便共没水，逆流二三里，得度山出一大溪，溪边有二女子，姿质妙绝，见二人持杯出，便笑曰："刘、阮二郎，捉向所失流杯来。"晨、肇既不识之，缘二女便呼其姓，如似有旧，乃相见忻喜。问："来何晚邪？"因邀还家。其家筒瓦屋，南壁及东壁下各有一大床，皆施绛罗帐，帐角悬铃，金银交错。床头各有十侍婢，敕云："刘、阮二郎，经涉山岨，向虽得琼实，犹尚虚弊，可速作食。"食胡麻饭、山羊脯、牛肉甚甘美。食毕行酒，有一群女来，各持五三桃子，笑而言："贺汝婿来。"酒酣作乐，刘、阮忻怖交并。至暮，令各就一帐宿，女往就之，言声清婉，令人忘忧。十日后，欲求还去，女云："君已来是，宿福所牵，何复欲还邪？"遂停半年。气候草木是春时，百鸟啼鸣，更怀悲思，求归甚苦。女曰："罪牵君，当可如何？"遂呼前来女子有三四十人，集会奏乐，共送刘、阮，指示还路。既出，亲旧零落，邑屋改异，无复相识。问讯得七世孙，传闻上世入山，迷不得归。至晋太元八年，忽复去，不知何所。（南朝刘义庆《幽明录》）

◆"卓"字，又见薛昭蕴词"延秋门外卓金轮"。

（明卓人月《古今词统》徐士俊评）

梦江南

千万恨，恨极在天涯。山月不知心里
事，水风空落眼前花。摇曳碧云斜。

◆风华情致，六朝人之长短句也。（明汤显祖评《花
间集》）

◆（"山月"句）幽凉殆似鬼作。（明卓人月《古今
词统》徐士俊评）

◆"山月"二句，惨境何可言。（明沈际飞《草堂诗
馀别集》）

◆低细深婉，情韵无穷。（清陈廷焯《云韶集》）

◆低回宛转。（清陈廷焯《词则·别调集》）

◆"摇曳"一句，情景交融。（李冰若《花间集评
注·栩庄漫记》）

◆此首叙飘泊之苦，开口即说出作意。"山月"以下
三句，即从"天涯"两字上，写出天涯景色，在在堪恨，
在在堪伤。而远韵悠然，令人讽诵不厌。（唐圭璋《唐宋
词简释》）

梦江南

梳洗罢，独倚望江楼。过尽千帆皆不
是，斜晖脉脉水悠悠。肠断白蘋洲。

◆"朝朝江上望,错认几人船。"同一结想。（明汤显祖评《花间集》）

◆痴迷,摇荡,惊悸,惑溺,尽此二十馀字。（明沈际飞《草堂诗馀别集》）

◆犹是盛唐绝句。（清谭献《复堂词话》）

◆绝不着力,而款款深深,低徊不尽,是亦谪仙才也。吾安得不服古人?（清陈廷焯《云韶集》）

◆"千帆"二句窈窕善怀,如江文通之"黯然消魂"也。（俞陛云《唐五代两宋词选释》）

◆《楚辞》:"望夫君兮未来,吹参差兮谁思?""袅袅兮秋风,洞庭波兮木叶下。"幽情远韵,令人至不可聊。飞卿此词:"过尽千帆皆不是,斜晖脉脉水悠悠。"意境酷似《楚辞》,而声情绵渺,亦使人徒唤奈何也。柳词:"想佳人倚楼长望,误几回天际识归舟。"从此化出,却露勾勒痕迹矣。（李冰若《花间集评注·栩庄漫记》）

◆柳子厚"渔翁夜傍西岩宿,晓汲清湘燃楚竹"一诗,论者谓删却末二句尤佳。余谓柳诗全首,正复幽绝。然如飞卿此词末句,真为画蛇添足,大可重改也。"过尽"二语,既极怊怅之情,"肠断白蘋洲"一语点实,便无馀韵。惜哉,惜哉!（同上）

◆这"过尽千帆皆不是"一句,一方面写眼前的事实,另一方面也有寓意,含有"天下人何限,慊慊只为汝"的意思,说明她爱情的坚贞专一。清代谭献的"红杏枝头依与汝,千花百草从渠许"词句和这意思也相近。（夏承焘《唐宋词欣赏·不同风格的温韦词》）

◆王国维《人间词话》说:"一切景语皆情语。"

这首词"斜晖脉脉"是写黄昏景物，夕阳欲落不落，似乎依依不舍。这是点出时间，联系开头的"梳洗罢"，说明她已望了整整一天了。但这不是单纯的写景，主要还是表情。用"斜晖脉脉"比喻女的对男的脉脉含情，依依不舍。"水悠悠"可能指无情的男子像悠悠江水一去不返。（"悠悠"在这里作无情解，如"悠悠行路心"是说像行路的人对我全不关心。）这样两个对比，才逼出末句"肠断白蘋洲"的"肠断"来。这句若仅作景语看，"肠断"二字便无来源。温庭筠词深密，应如此体会。（同上）

◆小令词短小，造句精炼、概括。这首小令做到字字起作用，即闲语也有用意，前文所举各句之外，如开头的"梳洗罢"是说在爱人未到之前，精心梳洗打扮好等他来，也有"女为悦己者容"的意思。又，古时男女常采蘋花赠人，末句的"白蘋洲"也关合全首相思之情。（同上）

◆这词字字都扣紧作者所要表达的思想感情，如电影中每一场景、每一道具都起特定的作用。《花间集》里的小令，只有温庭筠这种作品能做到如此。（同上）

◆（"过尽"二句）《西州曲》"楼高望不见，尽日阑干头"意境相同；诗简远，词宛转，风格不同。……唐赵微明《思归》诗中间两联云："犹疑望可见，日日上高楼。惟见分手处，白蘋满芳洲。"合于本词全章之意，当有些渊源。（俞平伯《唐宋词选释》）

◆有以叙事直起者，如李中主之"手卷真珠上玉钩"，飞卿之"梳洗罢，独倚望江楼"皆是。（唐圭璋《词学论丛·论词之作法》）

◆此首记倚楼望归舟，极尽惆怅之情。起两句，记午睡起倚楼。"过尽"两句，寓情于景。千帆过尽，不见归舟，可见凝望之久，凝恨之深。眼前但有脉脉斜晖，悠悠绿水，江天极目，情何能已。末句，揭出肠断之意，馀味隽永。温词大抵绮丽浓郁，而此两首则空灵疏荡，别具丰神。（唐圭璋《唐宋词简释》）

◆飞卿《梦江南》："梳洗罢（下略）。"正是"不知桥下无情水，流到天涯是几时"也。（吴世昌《词林新话》）

◆或谓温词之风格特色乃是精美及客观，极浓丽却无生动的感情及生命可见。并举其《菩萨蛮》及《更漏子》为证。然则其《梦江南》（"梳洗罢"）"无生动的感情及生命"耶？"画屏金鹧鸪"是飞卿语，"斜晖脉脉水悠悠"又是何人语？……论学不应遗弃与我说相反之证据，随心所欲发议论，此于古人为不公正，于读者为不诚实也。（同上）

◆自晓妆罢，至日晡时，数尽千帆，皆非其人，其苦可知矣。所望见者，非所欲见，故新肠也。（华钟彦《花间集注》）

河 传

江畔，相唤。晓妆鲜，仙景个女采莲。请君莫向那岸边。少年，好花新满船。

红袖摇曳逐风暖，垂玉腕，肠向柳丝断。浦南归？浦北归？莫知，晚来人已稀。

◎柳丝挽断肠牵断。（唐白居易《杨柳枝》）

◆犹有古意。（清陈廷焯《云韶集》）

◆《河传》调，创自飞卿。其后变体甚繁，《花间集》所载数家，圆转宛折，均逊温体。此调句法长短参差相间，温体配合最为适宜。又换叶极难自然，温体平仄互叶，凡四转韵，无一毫牵强之病，非深通音律者，未易臻此。又温体韵密多短句，填时须一韵一境，一句一境。换叶必须换意，转一韵，即增一境。勿令闲字闲句占据篇幅，方合。（蔡嵩云《柯亭词论》）

河 传

湖上，闲望。雨萧萧，烟浦花桥路遥。谢娘翠蛾愁不消。终朝，梦魂迷晚潮。

荡子天涯归棹远，春已晚，莺语空肠断。若耶溪，溪水西。柳堤，不闻郎马嘶。

◎谢娘：唐宰相李德裕家谢秋娘为名歌妓。后因以"谢娘"泛指歌妓。

◆或两字断，或三字断，而笔致宽舒，语气联属，斯为妙手。（明卓人月《古今词统》徐士俊评）

◆ "梦魂迷晚潮"五字警绝。用蝉连法更妙，直是化境。（清陈廷焯《云韶集》）

◆此调音节特妙处，在以两字为一句，如"终朝"、"柳堤"，与下句同韵，句断而意仍联贯，飞卿更以风华掩映之笔出之，洵《金荃》能手。（俞陛云《唐五代两宋词选释》）

◆其真能破诗为词者，始于李白之《忆秦娥》……极于温庭筠之《河传》词。（刘毓盘《词史》）

◆此首二、三、四、五、七字句，错杂用之，故声情曲折宛转，或敛或放，真似"大珠小珠落玉盘"也。"湖上"点明地方。"闲望"两字，一篇之主。烟雨模糊，是望中景色；眉锁梦迷，是望中愁情。换头，写水上望归，而归棹不见。着末，写堤上望归，而郎马不嘶。写来层次极明，情致极缠绵。白雨斋谓"直是化境"，非虚誉也。（唐圭璋《唐宋词简释》）

河　传

同伴，相唤。杏花稀，梦里每愁依违。仙客一去燕已飞。不归，泪痕空满衣。

天际云鸟引晴远，春已晚，烟霭渡南苑。雪梅香，柳带长。小娘，转令人意伤。

◎小娘：少女。

◆三词俱步轻倩，似不宜于十七八女孩儿之红牙拍歌，又无关西大汉执铁板气概。恐无当也。（明汤显祖评《花间集》）

◆凄怨而深厚，最是高境。（清陈廷焯《词则·大雅集》）

◆《河传》一调，最难合拍，飞卿振其蒙，五代而后，便成绝响。（清陈廷焯《白雨斋词话》）

番女怨

万枝香雪开已遍，细雨双燕。钿蝉筝，金雀扇，画梁相见。雁门消息不归来，又飞回。

◆字字古艳。（明卓人月《古今词统》徐士俊评）

◆"又飞回"三字，凄婉特绝。（清陈廷焯《词则·别调集》）

◆"又飞回"三字，更进一层，令人叫绝，开两宋先声。（清陈廷焯《云韶集》）

番女怨

碛南沙上惊雁起，飞雪千里。玉连环，金镞箭，年年征战。画楼离恨锦屏空，杏花红。

◆起二语，有力如虎。（清陈廷焯《词则·别调集》）

◆歌体中用拗句入于歌喉，自合音律。万红友谓此体起于温八叉，馀鲜作者。（吴瑞荣《唐诗笺要》后集）

◆唐人每作征人、思妇之诗，此词意亦犹人，其擅胜处在节奏之哀以促，如闻急管幺弦。此词借燕雁以寄怀。（俞陛云《唐五代两宋词选释》）

荷叶杯

一点露珠凝冷，波影。满池塘。绿茎红艳两相乱，肠断。水风凉。

◆全词实写处多，而以"肠断"二字融景入情。是以俱化空灵。（李冰若《花间集评注·栩庄漫记》）

◆此破晓时景也，故云"绿茎红艳相乱"，若于月下，则不应辨色矣。（华钟彦《花间集注》）

荷叶杯

镜水夜来秋月，如雪。采莲时。小娘红粉对寒浪，惆怅。正相思。

荷叶杯

楚女欲归南浦，朝雨。湿愁红。小船

摇漾入花里，波起。隔西风。

◆唐人多缘题起词，如《荷叶杯》，佳题也。此公按题矣，词短而无深味；韦相尽多佳句，而又与题茫然，令人不无遗恨。（明汤显祖评《花间集》）

◆飞卿"镜水夜来秋月"一作，押韵嫌苦，此作节奏天然，故录此遗彼。（清陈廷焯《云韶集》）

◆节短韵长。（清陈廷焯《词则·别调集》）

◆飞卿所为词，正如《唐书》所谓侧辞艳曲，别无寄托之可言。其淫思古艳在此，词之初体亦如此也。如此词若依皋文之解《菩萨蛮》例，又何尝不可以"波起隔西风"作"玉钗头上风"同意？然此词实极宛转可爱。（李冰若《花间集评注·栩庄漫记》）

总　评

宋铜阳居士《复雅歌词序》　迄于开元、天宝间，君臣相与为淫乐，而明宗犹溺于夷音，天下薰然成俗。于时才士始依乐工拍弹之声，被之以辞。句之长短，各随曲度，而愈失古之"声依咏"之理也。温、李之徒，率然抒一时情致，流为淫艳猥亵不可闻之语。（谢维新《古今合璧事类备要》外集卷十一，又见祝穆《新编古今事文类聚》续集卷二十四引）

宋黄昇《唐宋诸贤绝妙词选》　温庭筠词极流丽，宜为《花间集》之冠。

宋陈振孙《直斋书录解题》　《花间集》十卷。蜀欧阳炯作序，称卫尉少卿字宏基者所集，未详何人。其词自温飞卿而下十八人，凡五百首，此近世倚声填词之祖也。

宋张炎《词源》 词之难于令曲，如诗之难于绝句，不过十数句，一句一字闲不得。末句最当留意，有有馀不尽之意始佳。当以唐《花间集》中韦庄、温飞卿为则。

明王世贞《艺苑卮言》 《花间》以小语致巧，世说靡也。《草堂》以丽字取妍，六朝俪也。即词号称诗馀，然而诗人不为也。何者，其婉娈而近情也，足以移情而夺嗜。其柔靡而近俗也，诗啴缓而就之，而不知其下也。之诗而词，非词也；之词而诗，非诗也。言其业，李氏、晏氏父子，耆卿、子野、美成、少游、易安，至矣，词之正宗也。温、韦艳而促，黄九精而险，长公丽而壮，幼安辨而奇，又其次也，词之变体也。

又 温飞卿所作词曰《金荃集》，唐人词有集曰《兰畹》，盖皆取其香而弱也。然则雄壮者，固次之矣。

明胡应麟《诗薮》 盖温、韦虽藻丽，而气颇伤促，意不胜辞。

清王士禛《花草蒙拾》 弇州谓苏、黄、稼轩为词之变体，是也。谓温、韦为词之变体，非也。夫温、韦视晏、李、秦、周，譬赋有《高唐》、《神女》，而后有《长门》、《洛神》；诗有古诗录别，而后有建安、黄初、三唐也。谓之正始则可，谓之变体则不可。

清孙金砺《十五家词序》 最喜唐温庭筠、韦庄、牛峤、欧阳炯，南唐李后主，宋柳永、晏殊、周邦彦、苏轼、秦观、李清照、辛弃疾、刘过、陆游诸家之词，虽风格不同，机杼各妙，谓作者不可不参互其体。今读六家词，惊艳有若温、韦，蒨丽有若牛、欧，隽逸有若二李，风流蕴藉有若周、柳、秦、晏，奔放雄杰有若苏、辛、刘、陆。

清彭孙遹《旷庵词序》　历观古今诸词，其以景语胜者，必芊绵而温丽者也；其以情语胜者，必淫艳而佻巧者也。情景合则婉约而不失之淫，情景离则僿浅而或流于荡，如温、韦、二李、少游、美成诸家，率皆以秾至之景写哀怨之情，称美一时，流声千载；黄九、柳七，一涉僿薄，犹未免于淳朴变浇风之讥，他尚何论哉！

清张惠言《词选序》　自唐之词人李白为首，其后韦应物、王建、韩翃、白居易、刘禹锡、皇甫松、司空图、韩偓并有述造，而温庭筠最高，其言深美闳约。

清周济《介存斋论词杂著》　词有高下之别，有轻重之别，飞卿下语镇纸，端己揭响入云，可谓极两者之能事。

又　皋文曰："飞卿之词，深美闳约。"信然。飞卿酝酿最深，故其言不怒不慑，备刚柔之气。针缕之密，南宋人始露痕迹。《花间》极有浑厚气象，如飞卿则神理超越，不复可以迹象求矣。然细绎之，正字字有脉络。

又　毛嫱、西施，天下美妇人也，严妆佳，淡妆亦佳，粗服乱头，不掩国色。飞卿，严妆也；端己，淡妆也；后主，则粗服乱头矣。

清周济《宋四家词选目录序论》　晏氏父子，仍步温、韦。

又　北宋含蓄之妙，逼近温、韦，非点水成冰时，安能脱口即是？

清刘熙载《艺概》　温飞卿词精妙绝人，然类不出乎绮怨。

清陈廷焯《白雨斋词话足本》　飞卿词全祖《离骚》，所以独绝千古。《菩萨蛮》、《更漏子》诸阕，已臻绝诣，后来无能为继。

又　飞卿短古，深得屈子之妙；词亦从《楚骚》中来，所以独绝千古，难乎为继。

又　千古得骚之妙者，惟陈子之诗、飞卿之词，为能得其神，而不袭其貌。

又　小山虽工词，而卒不能比肩温、韦，方驾正中者，以情溢词外，未能意蕴言中也。故悦人甚易，而复古则不足。

又　飞卿词，大半托词帷房，极其婉雅，而规模自觉宏远。周、秦、苏、辛、姜、史辈，虽姿态百变，亦不能越其范围。本原所在，不容以形迹胜也。

又　熟读温、韦词，则意境自厚；熟读周、秦词，则韵味自深；熟读苏、辛词，则才气自旺；熟读姜、张词，则格调自高；熟读碧山词，则本原自正，规模自远。

又　温、韦创古者也。晏、欧继温、韦之后，面目未改，神理全非，异乎温、韦者也。苏、辛、周、秦之于温、韦，貌变而神不变，声色大开，本原则一。南宋诸名家，大旨亦不悖于温、韦，而各立门户，别有千古。

又　词有表里俱佳，文质适中者，温飞卿、秦少游、周美成、黄公度、姜白石、史梅溪、吴梦窗、陈西麓、王碧山、张玉田、庄中白是也，词中之上乘也。

清陈廷焯《云韶集》　飞卿词以情胜，以韵胜，最悦人目，然视太白、子同、乐天风格，已隔一层。

又　飞卿词绮语撩人，开五代风气。

又　唐代词人，自以飞卿为冠。太白《菩萨蛮》、《忆秦娥》两阕，自是高调，未臻无上妙谛。

清陈廷焯《词坛丛话》　终唐之世，无出飞卿右者，当为《花间集》之冠。

又　飞卿词，风流秀曼，实为五代、两宋导其先路。后人好为艳词，那有飞卿风格。

王拯《龙壁山房文集·忏庵词序》　唐之中叶，李白沿袭乐府遗音，为《菩萨蛮》、《忆秦娥》之阕，王建、韩偓、温庭筠诸人复推衍之，而词之体以立。其文窈深幽

82

约，善达贤人君子恺恻怨悱不能自言之情，论者以庭筠为独至。（龙榆生《唐宋名家词选》引）

王国维《人间词话》 张皋文谓："飞卿之词，深美闳约。"余谓：此四字惟冯正中足以当之。刘融斋谓："飞卿精艳绝人。"差近之耳。

又 "画屏金鹧鸪"，飞卿语也，其词品似之。"弦上黄莺语"，端己语也，其词品亦似之。

又 温飞卿之词，句秀也；韦端己之词，骨秀也；李重光之词，神秀也。

《人间词话》附录 温、韦之精艳，所以不如正中者，意境有深浅也。

〔总评〕

陈洵《海绡说词》 飞卿严妆，梦窗亦严妆。惟其国色，所以为美。若不观其倩盼之质，而徒眩其珠翠，则飞卿且讥，何止梦窗。

孙麟趾《词迳》 高淡婉约，艳丽苍莽，各分门户。欲高淡学太白、白石；欲婉约学清真、玉田；欲艳丽学飞卿、梦窗；欲苍莽学蘋洲、花外。

谢章铤《叶辰溪我闻室词叙》 词渊源《三百篇》，萌芽古乐府，成体于唐，盛于宋，衰于元明，复昌于国朝。温、李，正始之音也；晏、秦，当行之技也。稼轩出，始用气；白石出，始立格。

樊增祥《东溪草堂词选自叙》 有唐一代，《金荃》

最高。张氏之言，是则然矣。

沈祥龙《论词随笔》 唐人词，风气初开，已分二派：太白一派，传为东坡，诸家以气格胜，于诗近西江；飞卿一派，传为屯田，诸家以才华胜，于诗近西昆。后虽迭变，总不越此二者。

张德瀛《词徵》 李太白词，淳泓萧瑟；张子同词，逍遥容与；温飞卿词，丰柔精邃。唐人以词鸣者，惟兹三家，壁立千仞，俯视众山，其犹部娄乎。

蔡嵩云《柯亭词论》 自来治小令者，多崇尚《花间》。《花间》以温、韦二派为主，馀各家为从。温派秾艳，韦派清丽。

吴梅《词学通论》 唐至温飞卿，始专力于词。其词全祖《风》、《骚》，不仅在瑰丽见长。陈亦峰曰："所谓沉郁者，意在笔先，神馀言外，写怨夫思妇之怀，寓孽子孤臣之感。凡交情之冷淡，身世之飘零，皆可于一草一木发之。而发之又必若隐若现，欲露不露，反复缠绵，终不许一语道破。匪独体格之高，亦见性情之厚。"此数语，惟飞卿足以当之。

又 飞卿之词，极长短错落之致矣。而出辞都雅，尤有怨悱不乱之遗意。论词者必以温为大宗，而为万世不祧之俎豆也。

又 唐词凡七家，要以温庭筠为山斗。

汪东《唐宋词选评语》 词宗唐五代，犹诗之宗汉魏也。然唐人为词多以馀事及之，至温篇什始富，而藻丽精工，尤为独绝。（《词学》第二辑）

李冰若《花间集评注·栩庄漫记》 少日诵温尉词，爱其丽词绮思，正如王、谢子弟，吐属风流。嗣见张、陈评语，推许过当，直以上接灵均，千古独绝，殊不谓然也。飞卿为人，具详旧史，综观其诗词，亦不过一失意文人而已，宁有悲天悯人之怀抱？昔朱子谓《离骚》不都是怨君，尝叹为知言。以无行之飞卿，何足以仰企屈子。其词之艳丽处，正是晚唐诗风，故但觉镂金错彩，炫人眼目，而乏深情远韵。然亦有绝佳而不为词藻所累，近于自然之词，如《梦江南》、《更漏子》诸阕，是也。

又 张氏《词选》，欲推尊词体，故奉飞卿为大师，而谓其接迹《风》、《骚》，悬为极轨。以说经家法，深解温词，实则论人论世，全不相符。温词精丽处自足千古，不赖托庇于《风》、《骚》而始尊。况《风》、《骚》源出民间，与词之源于歌乐，本无高下之分，各擅文艺之美，正不必强相附会，支离其词也。自张氏书行，论词者几视温词为屈赋，穿凿比附如恐不及，是亦不可以已乎。

俞平伯《读词偶得》 王静庵《人间词话》，扬后主而抑温、韦，与周介存异趣。两家之说各有见地，只王氏

85

所谓"'画屏金鹧鸪',飞卿语也,其词品似之;'弦上黄莺语',端己语也,其词品亦似之",颇不足以使人心折。鹧鸪、黄莺,固足以尽温、韦哉?转不如周氏"严妆、淡妆"之喻,犹为妙譬也。

夏承焘《唐宋词论丛·唐宋词字声之演变》 词之初起,若刘、白之《竹枝》、《望江南》,王建之《三台》、《调笑》,本蜕自唐绝,与诗同科。至飞卿以侧艳之体,逐管弦之音,始多为拗句,严于依声。往往有同调数首,字字从同;凡在诗句中可不拘平仄者,温词皆一律谨守不渝。……盖六朝诗人好用双声叠韵,盛唐犹沿其风;洎后平仄行而双叠废,乃复于平仄之中,出变化为拗体;其肆奇于词句,则始于飞卿。凡其拗处坚守不苟者,当皆有关于管弦音度。飞卿托迹狭邪,雅精此事,或非漫为诘屈。……按飞卿各词,其拗句不尽在结拍,且间有上半首拗而结拍反不拗者(如《女冠子》、《木兰花》)。殆由彼时文字之配音律,犹未尽密。

夏承焘《唐宋词欣赏·不同风格的温韦词》 温庭筠、韦庄是花间派的著名词家。前人读唐五代词,时常把温庭筠、韦庄两家相提并论,认为两人词风是差不多的。实际上他们是代表着两种不同的词风。就他们两人的诗风论也是如此:温庭筠诗近李商隐,韦庄诗近自居易;他们的词风与诗风正是一致的。作品风格的不同决定于他们两人的不同的生活遭遇。

  又 温庭筠出身于没落贵族家庭，虽然一生潦倒，但是一向依靠贵族过活。他的词主要内容是描写妓女生活和男女间的离愁别恨的。他许多词是为宫廷、豪门娱乐而作，是写给宫廷、豪门里的歌妓唱的。为了适合于这些唱歌者和听歌者的身份，词的风格就倾向于婉转、隐约。他的词中也偶然有反映他个人情感，写自己不得意的哀怨和隐衷的，由于他不敢明白抒写自己的感情，所以要通过这种婉转、隐约的手法来表达。这些作品就很自然地继承六朝宫体的传统。由于继承这个文学传统，由于宫廷、都市的物质环境，形成温庭筠词的特色：一是外表色彩绮靡华丽，二是表情隐约细致。这正是没落贵族落拓文士生活感情的一种表现。

  又 韦庄虽然也出生于没落贵族家庭，但他五十九岁才中进士，在这以前生活很穷苦，漂泊过许多地方，这种漂泊的生活占据了他一生的大部分岁月。他晚年在前蜀任吏部侍郎、平章事（平章事就是宰相），第二年就死了。大半生的漂泊生活，使他能接受民间作品的影响，使他的词在当时词坛上有它独特的风格。

  又 正是这种不同的生活遭遇形成了他们两人不同的文学风格，简单地说：温庭筠"密而隐"，韦庄"疏而显"。

夏承焘《瞿髯论词绝句》 朱门莺燕唱花间，紫塞歌声不惨颜。昌谷樊川摇首去，让君软语作开山。

唐圭璋《词学论丛·温韦词之比较》 然离诗而有意为词，冠冕后代者，要当首数飞卿也。飞卿诗与李商隐齐名，号"温李"，开西昆之先河。其词因亦受诗之影响，雕绘艳丽，纂组纷纭。……飞卿词溶情于境，遣词造境，着力于外观，而藉以烘托内情，故写人极刻画形容之致，写境极沉郁凄凉迷离惝恍之致。一字一句，皆精锤精炼，艳丽逼人。人沉浸于此境之中，则深深陶醉，如饮醇醴，而莫晓其所以美之故。……《苕溪渔隐丛话》谓飞卿之词，工于造语，极为绮丽。《人间词话》谓飞卿之词"句秀"，皆不虚也。玉田评梦窗词云："梦窗词如七宝楼台，炫人眼目。碎拆下来，不成片段。"余则谓飞卿词亦如七宝楼台，炫人眼目，但碎拆下来，亦皆为零金剩璧，炫人眼目如故耳。

陆侃如、冯沅君《中国诗史》 王国维论温词道："'画屏金鹧鸪'，飞卿语也，其词品似之。"（《人间词话》）这方是精确的评语。"金"和"画屏"，固然可以使"鹧鸪"富丽，但同时也足以斩丧"鹧鸪"的生意；温词的成功和失败，都包括在这五字中了。

郑振铎《插图本中国文学史》 唐末大诗人温庭筠是初期的词坛上的第一位大作家。他的词，和他的诗一样，也是若明若昧，若轻纱的笼罩，若薄暮初明时候的朦胧的。他打开了词的一大支派，一意以绮靡侧艳为主格，以"有馀不尽"，"若可知若不可知"为作风。所谓"花间"派，实以他为宗教主。……他所写的是离情，是别绪，是无可奈何的轻喟，是无名的愁闷。刘禹锡、白居易诸人的拟民歌，全是浑厚朴质之作。到了庭筠，才是词人的词。全易旧观，斥去浅易，而进入深邃难测之佳境。

詹安泰《宋词散论·读词偶记》 周止庵（济）以李后主（煜）词为乱头粗服，以比飞卿之严妆与端己之淡妆，论奇而确。飞卿多比兴；端己间用赋体；至后主则直抒心灵，不暇外假矣。

吴世昌《词林新话》 温庭筠词皆咏离妇怨女，是代女人立言者，与唐人诗中闺怨无别，特以新体之词出之耳。

又 亦峰曰"飞卿词，全祖《离骚》"云云，真荒谬话，全袭二张。误入左道，遂多胡说，所以害人不浅。

又 近人评温词，或称其过分讲究文字声律，因而产生了许多"流弊"。此正是温词优点，何谓流弊？或称其将词领入歧途，造成了"花间派"的一股"歪风"；又有言其作品内容日益空虚，远不及敦煌民间词广博深厚云。此媚时之胡说也。词自民间转入文人之手，正是丰富了、升华了，而非阉割了其内容。

韦庄词集

浣溪沙

清晓妆成寒食天，柳球斜袅间花钿。
卷帘直出画堂前。

指点牡丹初绽朵，日高犹自凭朱栏。
含颦不语恨春残。

◎柳球：随风卷成团的柳絮。

浣溪沙

欲上秋千四体慵，拟交人送又心忪。
画堂帘幕月明风。

此夜有情谁不极，隔墙梨雪又玲珑。
玉容憔翠惹微红。

◎心忪：心慌，害怕。

◆（"忪"字）亦凑韵。（明汤显祖评《花间集》）

浣溪沙

惆怅梦馀山月斜，孤灯照壁背窗纱。
小楼高阁谢娘家。

暗想玉容何所似？一枝春雪冻梅花。
满身香雾簇朝霞。

◎灯前一觉江南梦，惆怅起来山月斜。（唐韦庄《含山店梦觉作》）

◎谢娘：唐宰相李德裕家谢秋娘为名歌妓。后因以"谢娘"泛指歌妓。

◎肠断东风各回首，一枝春雪冻梅花。（唐韦庄《春陌二首》）

◆以"暗想"句问起，越见下二句形容快绝。（明汤显祖评《花间集》）

◆为花锡宠。……美人洵花真身，花洵美人小影。（明沈际飞《草堂诗馀别集》）

◆"一枝春"句，妙。（明潘游龙《古今诗馀醉》）

◆"梨花一枝春带雨"，"一枝春雪冻梅花"，皆善于拟人，妙于形容，视"滴粉搓脂"以为美者，何啻仙凡。

94

（李冰若《花间集评注·栩庄漫记》）

◆端己写人，不似飞卿就人一一刻画，而只是为约略写出一美人丰姿绰约之状态，如《浣溪沙》云："暗想玉容何所似，一枝春雪冻梅花。满身香雾簇朝霞。"（唐圭璋《词学论丛·温韦词之比较》）

浣溪沙

绿树藏莺莺正啼，柳丝斜拂白铜堤。
弄珠江上草萋萋。

日暮饮归何处客？绣鞍骢马一声嘶。
满身兰麝醉如泥。

◎啼莺绿树深。（唐王维《闺人赠远》）
◎弄珠江上草，无日不萋萋。（唐无名氏诗）
◆痛饮真吾师。（明汤显祖评《花间集》）

浣溪沙

夜夜相思更漏残，伤心明月凭栏干。
想君思我锦衾寒。

咫尺画堂深似海，忆来唯把旧书看。
几时携手入长安？

◎长安复携手。（唐李白《赠崔侍御》）

韦庄词集

95

◆ "想君"、"忆来"二句，皆意中意、言外言也。水中着盐，甘苦自知。（明汤显祖评《花间集》）

◆ 替他思，妙。（明沈际飞《草堂诗馀别集》）

◆ 从对面设想，便深厚。（清陈廷焯《词则·大雅集》）

◆ 对面着笔妙甚，好声情。（清陈廷焯《云韶集》）

◆ 韦端己《浣溪沙》云："咫尺画堂深似海，忆来惟把旧书看。"……一意化两，并皆佳妙。（清况周颐《餐樱庑词话》）

◆ 善为淡语，气古使然。（李冰若《花间集评注》引郑文焯云）

◆ "想君思我锦衾寒"句由己推人，代人念己，语弥淡而情弥深矣。（李冰若《花间集评注·栩庄漫记》）

◆ 端己相蜀后，爱姬生离，故乡难返，所作词本此两意为多。此词冀其"携手入长安"，则两意兼有。端己哀感诸作，传播蜀宫，姬见之益恸，不食而卒。惜未见端己悼逝之篇也。（俞陛云《唐五代两宋词选释》）

◆《全唐诗话》崔郊有婢鬻于连帅，郊有诗曰："侯门一入深如海，从此萧郎是路人。"故此句言伊人所居，虽近而不得见面也。此词疑亦思念旧姬所作。（丁寿田等《唐五代四大名家词》乙篇）

◆ "想君思我锦衾寒"，一句叠用两个动词，代对方想到自己，透过一层，曲而能达。句法亦新。"咫尺画堂深似海"，仍是室迩人远、咫尺天涯意。下三句说出本事。人不必远，必阻隔而堂深；其所以阻隔却未说破。"携手入长安"者，盖旧约也，今惟有把书重看耳，几时得实现耶？宋周邦彦《浣溪沙》："不为萧娘旧约寒，何因容易别长安。"殆即由此变化，而句意较明白，可作为解释读。
（俞平伯《唐宋词选释》）

◆若庄有姬为王建所夺一事果真，则此首必为忆姬之
作，"咫尺画堂深似海"，便是最好说明。且此句在其他任
何情形之下，皆用不上。因姬被夺故悔恨欲返长安，其留
蜀当为等候机会，犹望能与之团圆也。（吴世昌《词林新
话》）

◆此首怀人。上片，从对面着想，甚似老杜"今夜
鄜州月"一首作法。下片，言己之忆人，一句一层。"咫
尺"句，言人去不返；"忆来"句，言相忆之深；"几时"
句，叹相见之难，亦"何时倚虚幌，双照泪痕干"之意。
（唐圭璋《唐宋词简释》）

◆其馀之作，大抵景真情真，一往清俊。《浣溪沙》
云（略）。从己之忆人，推到人之忆己，又从相忆之深，
推到相见之难。文字全用赋体白描，不着粉泽，而沉哀入
骨，宛转动人。南唐二主之尚赋体，当受韦氏之影响。
（唐圭璋《词学论丛·唐宋两代蜀词》）

◆前阕写相思，后阕写造成相思的具体情况和殷切
的希望。写相思仍分几层写：第一句通写相思，是常情；
第二句特写对月凭栏而感到伤心，比前更进一步。第三句
本来是要写因离别而被冷衾寒，通宵不寐的难堪情状的，
却透过一层不从自己说而代对方设想，就越发体贴周到、
亲切有味了……又含蓄，又浑融，这种艺术手法是很高
的。后阕第一句写客观环境，即"门外天涯"意，正惟其
距离很近而无缘聚首，越发感到难受……"忆来惟把旧书
看"，完全不透露出看了旧时的书信之后心情上有什么变
化，让读者自己去体会，这又是他很高明的运用浑融含蓄

97

的艺术手法的一种见证。结尾一句，把同对方共到帝都享受富贵荣华的快乐生活的意愿和盘托出了，但在表明这种意愿时，仍然避免一些庸俗的写法，用"携手入长安"来切定两人的情爱，使人看到的是一对情人双双携手入长安的影子。（詹安泰《詹安泰词学论稿》下编）

菩萨蛮

红楼别夜堪惆怅，香灯半卷流苏帐。残月出门时，美人和泪辞。

琵琶金翠羽，弦上黄莺语。劝我早归家，绿窗人似花。

◆词本《菩萨蛮》，而语近《江南弄》、《梦江南》等，亦作者之变风也。（明汤显祖评《花间集》）

◆《菩萨蛮》一词，倡自青莲。嗣后温飞卿辈辄多佳句，然高艳涵养有情，觉端己此首大饶奇想。（明周珽《删补唐诗选脉笺释会通评林》）

◆语意自然，无刻画之痕。（清许昂霄《词综偶评》）

◆词有与《风》诗意义相近者，自唐迄宋，前人巨制，多寓微旨。……韦端己"红楼别夜"，《匪风》怨也。（清张德瀛《词徵》）

◆此词盖留蜀后寄意之作。一章言奉使之志，本欲速归。（清张惠言《词选》）

◆亦填词中《古诗十九首》，即以读《十九首》心眼读

口说，以音乐劝我早归，所谓"弦上黄莺语"也。上曰
"红楼"，与下"绿窗"相对比。或谓"美人和泪辞"可有
二解：一乃美人和泪与我辞，垂泪者乃是美人，一乃我
与美人和泪而辞，则垂泪者乃是行人。此解殊不懂文法，
"美人和泪辞"，"美人"乃"和泪"之主语，岂可改为
"行人"？（吴世昌《词林新话》）

菩萨蛮

人人尽说江南好，游人只合江南老。
春水碧于天，画船听雨眠。
　　垆边人似月，皓腕凝霜雪。未老莫还
乡，还乡须断肠。

◎胡姬年十五，春日独当垆。（汉辛延年《羽林
郎》）

◆晏元献"春水碧于天"，盖全用唐韦庄词中五字。
（宋曾季狸《艇斋诗话》）

◆（"春水"二句）江南好，只如此耶。（明汤显祖
评《花间集》）

◆或云，江南好处，如斯而已耶？然此景此情，生长
雍冀者实未曾梦见也。（清许昂霄《词综偶评》）

◆昔汤义仍评韦词"春水碧于天"二句云："江南
好，只如此耶？"此当是谐戏之言，未可为典要。韦词佳
处不能识，尚足为义仍耶？（清杨希闵《词轨》）

◆此章述蜀人劝留之辞，即下章云"满楼红袖招"

也。江南即指蜀。中原沸乱，故曰"还乡须断肠"。（清张惠言《词选》）

◆强颜作欢快语，怕肠断，肠亦断矣。（清谭献《谭评词辨》）

◆一幅春水画图。意中是乡思，笔下却说江南风景好，真是泪溢中肠，无人省得。结言风尘辛苦，不到暮年，不得回乡，预知他日还乡必断肠也，与第二语口气合。（清陈廷焯《云韶集》）

◆韦蜀为江南，是其良心不殁处。（清陈廷焯《词则·大雅集》）

◆端己《菩萨蛮》云："未老莫还乡，还乡须断肠。"又云："凝恨对斜晖，忆君君不知。"……皆留蜀后思君之辞。时中原鼎沸，欲归不能。端己人品未为高，然其情亦可哀矣。（清陈廷焯《白雨斋词话》）

◆其《菩萨蛮》诸作，倦倦故国之思，尤耐寻味。盖唐末中原鼎沸，韦以避乱入蜀，欲归未得，言愁始悲，所谓"未老莫还乡，还乡须断肠"也。（顾宪融《词论》）

◆《菩萨蛮》云："未老莫还乡，还乡须断肠。"又云："凝恨对斜晖，忆君君不知。"……皆望蜀后思君之辞。时中原鼎沸，欲归未能，言愁始愁。其情大可哀矣。（吴梅《词学通论》）

◆韦氏此词隐寓其生平。《词学季刊》一卷四号有夏承焘《韦端己年谱》，罗列行谊甚详，以为"人人尽说江南好"，"如今却忆江南乐"诸首，中和三年客江南后作，"洛阳城里春光好"一首，客洛阳作，与旧说异。皋文当时似疏于考证韦氏之生平，而夏君之说亦有可商处，如"洛阳城里春光好"下句为"洛阳才子他乡老"，其非在洛

阳作甚明，若曰"长安才子洛阳老"，始是客洛时之口吻
也。夏君又曰，"时端己已五十馀岁，亦称年少（《黄
藤山下闻猿》），盖词章泛语不可为考据"，是则弘通之论
也。惟似与前说违异，今亦不得详辨。据夏谱，端己客江
南已逾中年，其入蜀已在暮年，而诗词中辄曰"年少"，
固不必拘泥，所谓"不以文害辞，不以辞害志"也。盖生
活者，不过平凡之境，文章者，必须美妙之情也。以如彼
美妙之文章，述如此平凡之生活，其间不得不有相当之距
离者，势也。遇此等空白，欲以考证填之，事属甚难。此
是一般的情形，又不独诗词然耳。如皋文说此词，谓"江
南即指蜀"，良亦未必，但固不妨移用。彼虽曾客洛阳，而
词中洛阳则明明非洛阳而是长安，端己固京兆杜陵人也，
"《秦妇吟》秀才"，固一长安才子也。洛阳既可代长
安，则江南缘何不可代蜀耶？——虽不能证实。（俞平伯
《读词偶得》）

◆此作清丽婉畅，真天生好言语，为人人所共见。
就章法论，亦另有其胜场也。起首一句已拖题旨，下边的
"江南好"都是从他人口中说出，而游人可以终老于此，
自己却一言不发。"春水"两句，景之芊丽也；"垆边"
两句，人之姝妙也。"垆边"更暗用卓文君事，所谓本地
风光，"皓腕"一句，其描写殆本之《西京杂记》及《美
人赋》。"绿窗人似花"，"垆边人似月"，何处无佳丽乎，
遥遥相对，真好看煞人也。如此说来，原情酌理，游人只
合老于江南，千真万确矣。但自己却偏偏说"未老莫还
乡"，然则老则仍须还乡欤？忽然把他人所说的一笔抹杀
了。思乡之切透过一层，而作者之意犹若不足，更足之曰
"还乡须断肠"。原来这个"莫还乡"是有条件的，其意若

曰：因为"须断肠"，所以未老则不会还乡；若没有此项情形，则何必待老而始还乡乎。岂非又把上文夸说江南之美尽情涂抹乎？古人用笔，每有透过数层处，此类是也。（同上）

◆此首写江南之佳丽，但有思归之意。起两句，自为呼应。人人既尽说江南之好，劝我久住，我亦可以老于此间也。"只合"二字。无限凄怆，意谓天下丧乱，游人飘泊，虽有乡不得还，虽有家不得归，惟有羁滞江南，以待终老。"春水"两句，极写江南景色之丽。"炉边"两句，极写江南人物之美。皆从一己之经历，证明江南果然是好也。"未老"句陡转，谓江南纵好，我仍思还乡，但今日若还乡，目击离乱，只令人断肠，故惟有暂不还乡，以待时定。情意宛转，哀伤之至。（唐圭璋《唐宋词简释》）

◆此词正作于八八三年至江南周宝幕府后，此时关中及中原均有战事，江南平静，故云："人人尽说江南好，游人只合江南老。"其时长安（即韦之家乡）尚为黄巢所占，故曰"还乡须断肠"也。《词选注》："人人"一首，"述蜀人劝留之辞"，又云"江南，即指蜀"，全是臆想。（吴世昌《词林新话》）

◆顾宪融《词论》评端己词一段，了无新意，只抄袭周止庵、张皋文、清陈廷焯诸家之说。全不知张、陈说以为其《菩萨蛮》作于蜀中，根本错误。且韦奉使入蜀，非避乱入蜀，其避乱在江南。既不弄清史实，一味人云亦云，不知有何必要写此一段！（同上）

◆按此章与下章皆端己初会宠姬时之情景也。（华钟彦《花间集注》）

菩萨蛮

　　如今却忆江南乐，当时年少春衫薄。骑马倚斜桥，满楼红袖招。

　　翠屏金屈曲，醉入花丛宿。此度见花枝，白头誓不归。

◎高楼红袖客纷纷。（唐王建《夜看扬州》）

◎金屈曲：即金屈戌，门窗、屏风、橱柜等的环纽、搭扣。

◆上云"未老莫还乡"，犹冀老而还乡也。其后朱温篡成，中原愈乱，遂决劝进之志。故曰："如今却忆江南乐。"又曰："白头誓不归。"则此词之作，其在相蜀时乎？（清张惠言《词选》）

◆（"如今却忆江南乐"）是半面语，（后半阕）意不尽而语尽。"却忆"、"此度"四字，度人金针。（清谭献《谭评词辨》）

◆风流自赏，决绝语正是凄楚语。（清陈廷焯《云韶集》）

◆端己此二首自是佳词，其妙处如芙蓉出水，自然秀艳。按韦曾二度至江南，此或在中和时作，与入蜀后无关。张氏《词选》好为附会，其言不足据也。（李冰若《花间集评注·栩庄漫记》）

◆张氏之言似病拘泥穿凿，惟大旨不误。起句即承上文而来，当年之乐当年不自知，如今同忆，江南正有乐处也。上章"江南好"，好是人家说的；此章"江南乐"，乐是自己说的，故并不犯复。乐处何在？偏重于人的方面，更偏重人家对他的恩情——知遇之感。此章与下章皆从此点发挥，说出自己终老他乡之缘由，而早归之夙愿至此真不可酬矣。下片说出一种决心，有咬牙切齿、勉强挣扎之苦。"屈曲"疑即屈戌，亦作屈膝，《邺中记》"石虎作金银屈膝屏风"是也。今北京犹有"屈曲"之语。"此度"两句，一章之主意。清谭献曰："意不尽而语尽。"此评极精。把话说得斩钉截铁，似无馀味，而意却深长，愈坚决则愈缠绵，愈忍心则愈温厚，合下文观，此旨极明晰。若当时只作此一章，结尾殆不会如此，善读者必审之也。（俞平伯《读词偶得》）

◆此首陈不归之意。语虽决绝，而意实伤痛。起言"江南乐"，承前首"江南好"。以下皆申言江南之乐。春衫纵马，红袖相招，花丛醉宿，翠屏相映，皆江南乐事也。而红袖之盛意殷勤，尤可恋可感。"此度"与"如今"相应。词言江南之乐，则家乡之苦可知。兵干满眼，乱无已时，故不如永住江南，即老亦不归也。（唐圭璋《唐宋词简释》）

◆庄至江南依周宝幕府已四十八岁，已非年少，则"当时年少"当指其年轻时曾游江南，此为第二次去；或庄在江南原有亲故，故黄巢时再去。末二句正说明此词在第二次赴江南途中作。《词选》注"则此词之作，其在相蜀时乎"云云，信口胡说。（吴世昌《词林新话》）

菩萨蛮

劝君今夜须沉醉，尊前莫话明朝事。珍重主人心，酒深情亦深。

105

須愁春漏短，莫诉金杯满。遇酒且呵呵，人生能几何？

◎对酒当歌，人生几何。（三国魏曹操《短歌行》）

◆一起一结，直写旷达之思。与郭璞《仙游》、阮籍《咏怀》，将无同调。（明汤显祖评《花间集》）

◆"珍重"二句，以风流蕴藉之笔调，写沉郁潦倒之心情，真绝妙好词也。最后"人生能几何"一语，有将以前"年少"、"白头"等字样一笔勾消之概。（丁寿田等《唐五代四大名家词》）

◆端己身经离乱，富于感伤，此词意实沉痛。谓近阮公《咏怀》，庶几近之，但非旷达语也。其源盖出于《唐风·蟋蟀》之什。（李冰若《花间集评注·栩庄漫记》）

◆上三章由早归而说到不早归，更说到誓不归，可谓一步逼紧一步，有水穷山尽之势。此章忽然宽泛，与上文似不称，故自来选家每删此使上下紧接，完成章法。平心论之，此等见解亦非全无是处，但削趾适履，终嫌颠倒，窃谓不必。况依结构言，此章亦有可存之价值乎。"醉"字即从上章"醉入花丛宿"来。此章醉后口气，故通脱而不凝炼，与前后异趣。端己在蜀功名显达，特眷怀祖国，不能自已耳。此章写得恰好，自己之无聊与他人对己之恩遇，俱曲曲传神。"珍重"二句，以风流蕴藉之笔调，写沉郁潦倒之心情，宁非绝妙好词，岂有删却之必要哉。人之待我既如此其厚，即欲不强颜欢笑，亦不可得矣。上章未尽之意，俱于此章尽之，久留西川之故，至此大明。总之中原离乱，欲归则事势有所不能；西蜀遇我厚，欲归则情理有所不许；所以说到这里，方才真正到山穷水尽地位，转出结尾的本旨来。就章法言，又岂可删哉。"人生能几何"句，有将"年少"、"白头"……种种字样一笔钩却气象。（俞平伯《读词偶得》）

◆此首似在席上为歌女代作劝酒词。唱者为歌女，"君"指客。歌女为主人劝客酒，故曰："珍重主人心，酒深情亦深。"是劝客饮，故曰："莫诉金杯满。"……按词客为歌女作词，小山言之至详，柳永亦为歌女作词。此风实起于晚唐，《花间》、《尊前》，皆其例也。叶嘉莹评此章"遇酒且呵呵"中"呵呵"二字一段，所论极是。（吴世昌《词林新话》）

菩萨蛮

洛阳城里春光好，洛阳才子他乡老。柳暗魏王堤，此时心转迷。

桃花春水绿，水上鸳鸯浴。凝恨对残晖，忆君君不知。

◎何处未春先有思，柳条无力魏王堤。（唐白居易《魏王堤》）

◎春半如秋意转迷。（唐柳宗元《柳州二月榕树叶落偶题》）

◆可怜可怜，使我心恻。（明汤显祖评《花间集》）

◆此章致思唐之意。（清张惠言《词选》）

◆项庄舞剑，怨而不怒之义。（评"洛阳才子"句）至此揭出。（清谭献《谭评词辨》）

之。（清谭献《谭评词辨》）

◆情词凄绝，柳耆卿之祖。婉约。（清陈廷焯《云韶集》）

◆深情苦调，意婉词直，屈子《九章》之遗。（清陈廷焯《词则·大雅集》）

◆张（惠言）曰："此词盖留蜀后寄意之作，一章言奉使之志本欲速归。"此言离别之始也，"香灯"句境界极妙，周清真曾拟之。说见另一文中（《杂拌》二）。"残月出门时"以普通语法言或费解，词中习见。"美人"句从对面说出，若说我辞美人则径直矣。下片述其初心。"早归"二字一章主脑。"绿窗人似花"，早归固人情也，说得极其自然。"琵琶"二句取以加重色彩，金翠羽者，其饰也；黄莺语者，其声也。琵琶之饰，在捍拨上，王建诗"凤皇飞上四条弦"，牛峤词"捍拨双盘金凤"是也。此词殊妥贴，闲闲说出，正合开篇光景，其平淡处皆妙境也。王静安《人间词话》，扬后主而抑温韦，与周介存异趣。两家之说各有见地，只王氏所谓"'画屏金鹧鸪'，飞卿语也，其词品似之；'弦上黄莺语'，端已语也，其词品似之"；颇不足以使人心折。鹧鸪、黄莺，固足以尽温、韦哉？转不如周氏"严妆""淡妆"之喻，犹为妙譬也。（俞平伯《读词偶得》）

◆此首追忆当年离别之词。起言别夜之情景，次言天明之分别。换头承上，写美人琵琶之妙。末两句，记美人别时言语。前事历历，思之惨痛，而欲归之心，亦愈迫切。韦词清秀绝伦，与温词之浓艳者不同，然各极其妙。（唐圭璋《唐宋词简释》）

◆"残月"，天将晓也。"和泪辞"，犹未别也。不便

◆端己《菩萨蛮》词："凝恨对斜辉，忆君君不知。"未尝不妙，然不及"断肠君信否"。（清陈廷焯《云韶集》）

◆中有难言之隐。（清陈廷焯《词则·大雅集》）

◆端己《菩萨蛮》四章，倦倦故国之思，而意婉词直，一变飞卿面目，然消息正自相通。余尝谓：后主之视飞卿，合而离者也；端己之视飞卿，离而合者也。（清陈廷焯《白雨斋词话》）

◆词有貌不深而意深者，韦端己《菩萨蛮》、冯正中《蝶恋花》是也。（清陈廷焯《白雨斋词话》）

◆韦端己《菩萨蛮》四章，辛稼轩《水调歌头》、《鹧鸪天》等阕，间有朴实处，而伊郁即寓其中；浅率粗鄙者，不得藉口。（清陈廷焯《白雨斋词话》）

◆端己奉使入蜀，蜀王羁留之，重其才，举以为相，欲归不得，不胜恋阙之思。此《菩萨蛮》词四章，乃隐寓留蜀之感。首章言奉使之日，僚友赠行，家人泣别，出门惘惘，预订归期。次章"江南好"指蜀中而言。皓腕相招，喻蜀王縻以好爵；还乡断肠，言中原板荡，阻其归路。"未老莫还乡"句犹冀老年归去。而三章言"白头誓不归"者，以朱温篡位，朝市都非，遂决意居蜀，应楼中红袖之招。见花枝而一醉，喻留相蜀王，但身不能归，而怀乡望阙之情，安能恝置？故四章致其乡国之思。洛池风景，为唐初以来都城胜处，魏堤柳色，回首依依。结句言"忆君君不知"者，言君门万重，不知羁臣恋主之忧也。（俞陛云《唐五代两宋词选释》）

◆端己《菩萨蛮》四章，倦倦故国之思，最耐寻味。（吴梅《词学通论》）

◆此首以词意按之，似是客洛阳时作。与前诸首无可联系处，亦无从推断为入蜀暮年之词也。（李冰若《花间集评注·栩庄漫记》）

◆结尾二语，怨而不怒，无限低徊，可谓语重心长矣。（丁寿田等《唐五代四大名家词》）

◆张（惠言）曰："此章致思唐之意。"谭（献）于"洛阳才子"句旁批曰："至此揭出。"按，二家之说均是。以上列四章的讲释，读者或者觉得其词固佳，却有小题大做之嫌，岂狮子搏兔必用全力欤。其实端己此词，表面上看是故乡之思，骨子里说是故国之思。思故乡之题小，宜乎小做；怀故国之题大，宜乎大做。此点明，则上述怀疑可以冰释矣。更进一步说，不仅有故国之思也，且兼有兴亡治乱之感焉。故此词五章，重叠回环，大有"言之不足故长言之"之概。上边四章，一二为一转折，三四为一转折，全由此章而发。此章全用中锋，无一旁敲侧击之笔。夫洛阳城里之春光何尝不好，只是才子老于他乡耳。"柳暗"句承首句而来……想象之景，下接曰"此时心转迷"，"迷"字下得固妙，"转"字衬托得非常得力。综观全作，首章之早归，二章之待老而归，既为事实所不许，三四两章之泥醉寻欢，立誓老死异乡矣，而一念之来，转生迷惘，无奈之情一至于此。情致固厚，笔力又实在能够宛转洞达，称为名作，洵非偶然。下片是眼前光景，"春水"直呼应二章之"春水碧于天"，用鸳鸯点缀，在无意间。江南好，洛阳未始不好，洛阳好而江南也未始不好，迷之谓也，不但心迷，眼亦迷矣。结尾二句，无限低回，谭评"怨而不怒"，已得诗人之旨。此等境界，妙在丰神，妙在口角，一涉言诠便不甚好。谭评周邦彦《兰陵王》："斜阳七字微吟千百遍，当入三昧出三昧。"其言固神秘，非无见而发，吾于此亦云然，说了半天，还是要想的；赌了半天咒，还是不中用；无家可归，还是要回家，痴顽得妙。夫痴顽者，温柔敦厚之别名也，此古今诗人之所同具也。（俞平伯《读词偶得》）

◆此首忆洛阳之词。身在江南，还乡固不能，即洛阳亦不得去，回忆洛阳之乐，不禁心迷矣。起两句，述人在他乡，回忆洛阳春光之好。"柳暗"句，设想此际洛阳魏王堤上之繁盛。"桃花"两句，又说到眼前景色，使人心恻。末句，对景怀人，朴厚沉郁。（唐圭璋《唐宋词简释》）

◆所作《菩萨蛮》五首，谭复堂至谓可当词中之《古诗十九首》。盖深厚之情，无处不流露也。如："劝我早归家，绿窗人似花。"何等缠绵！"春水碧于天，画船听雨眠。"何等高华！"未老莫还乡，还乡须断肠。"何等哀伤！"凝恨对斜晖，忆君君不知。"何等沉郁！（唐圭璋《词学论丛·唐宋两代蜀词》）

◆此在洛阳有所忆而作，故末句云："忆君君不知。"否则便是代女子作闺怨词，但无论如何，均为在洛阳所作。《浣花集》卷三《洛阳吟》自注："时大驾在蜀，巢寇未平，洛中寓居，作七言。"可证。……韦庄非洛阳人，则洛阳才子另有所指，非自谓。且自称才子，亦决无此理。末句云"忆君君不知"，所忆即洛阳才子。此词第二句及末句似女子口吻，但三、四句证明为作者自白。（吴世昌《词林新话》）

◆亦峰曰："端己《菩萨蛮》四章，惓惓故国之思，而意婉词直，一变飞卿面目，然消息正自相通。余尝谓：

韦庄词集

110

后主之视飞卿，合而离者也，端己之视飞卿，离而合者也。"又指其《菩萨蛮》、《归国遥》、《应天长》等阕曰"皆留蜀思君之辞"。此论中清张惠言之毒，全无是处。其所列诸词，皆思妇之辞。（同上）

◆《菩萨蛮》五首，情思婉曲，风神俊逸，把它们和温庭筠的同调作品相对比，最足看出他们不同的艺术风格。（詹安泰《詹安泰词学论稿》）

◆韦相词五首，皆为宠姬而作，非同时也。（华钟彦《花间集注》）

归国遥

春欲暮，满地落花红带雨。惆怅玉笼鹦鹉，单栖无伴侣。

南望去程何许？问花花不语。早晚得同归去，归无双翠羽。

◎桃花乱落如红雨。（唐李贺《将进酒》）

◆还不是解语花，不问也得。（明汤显祖评《花间集》）

归国遥

金翡翠，为我南飞传我意。罨画桥边春水，几年花下醉？

别后只知相愧，泪珠难远寄。罗幕绣帷鸳被，旧欢如梦里。

◎罨画：色彩鲜明的绘画。

◆"别后只知相愧"，真有此情。（清陈廷焯《云韶集》）

◆端己《菩萨蛮》四章，惓惓故国之思，而意婉词直，一变飞卿面目，然消息正自相通。余尝谓：后主之视飞卿，合而离者也。端己之视飞卿，离而合者也。端己《菩萨蛮》云："未老莫还乡。还乡须断肠。"又云："凝恨对斜晖。忆君君不知。"《归国遥》云："别后只知相愧。泪珠难远寄。"《应天长》云："夜夜绿窗风雨。断肠君信否。"皆留蜀后思君之辞。时中原鼎沸，欲归不能。端己人品未为高，然其情亦可哀矣。（清陈廷焯《白雨斋词话》）

◆此亦《菩萨蛮》之意。（清陈廷焯《词则·大雅集》）

◆五代词有语极朴拙而情致极深者，如韦相"别后只知相愧，泪珠难远寄"是也。（李冰若《花间集评注·栩庄漫记》）

◆端己《菩萨蛮》四章，惓惓故国之思，最耐寻味。而此词南飞传意，别后知愧，其意更为明显。（吴梅《词学通论》）

◆此二章皆为赴江南途中作。"玉笼鹦鹉"殆其江南旧欢。曰"南望去程"则在途中作甚明。末云"恨无双翠羽"，即玉谿"身无彩凤双飞翼"之意。次章首二句托飞鸟以通词，"金翡翠"即传书邮。三、四句亦证明端己前已到过江南，并有"几年花下醉"。从"别后只知相愧"一句可知前次曾离江南。此词盖寄与江南"旧欢"，由此可知庄第一次在江南有数年之久，后入京失意，约在八八三年之前数年。（吴世昌《词林新话》）

归国遥

春欲晚，戏蝶游蜂花烂漫。日落谢家池馆，柳丝金缕断。

睡觉绿鬟风乱，画屏云雨散。闲倚博山长叹，泪流沾皓腕。

◎昔者楚襄王与宋玉游于云梦之台，望高唐之观，其上独有云气……王问玉曰："此何气也？"玉对曰："所谓朝云者也。"王曰："何谓朝云？"玉曰："昔者先王尝游高唐，怠而昼寝，梦见一妇人曰：妾巫山之女也，为高唐之客，闻君游高唐，愿荐枕席。王因幸之。去而辞曰：'妾在巫山之阳，高丘之岨，旦为朝云，暮为行雨。朝朝暮暮，阳台之下。'"（《文选·宋玉〈高唐赋〉序》）

◎博山：博山炉的简称，香炉。

◆（"睡觉"句）好光景。（明汤显祖评《花间集》）

◆"柳丝金缕断"，"断"字极劣。（李冰若《花间集评注·栩庄漫记》）

◆端己《归国遥》（春欲晚）、《应天长》三首皆代作闺怨。（吴世昌《词林新话》）

应天长

绿槐阴里黄莺语，深院无人春昼午。
画帘垂，金凤舞，寂寞绣屏香一炷。

碧天云，无定处，空有梦魂来去。夜
夜绿窗风雨，断肠君信否？

◎啼莺绿树深。（唐王维《闺人赠远》）

◆端己《菩萨蛮》："凝恨对斜晖，忆君君不知。"未
尝不妙，然不及"断肠君信否"。（清陈廷焯《云韶集》）

◆《应天长》云："夜夜绿窗风雨，断肠君信否？"
皆留蜀后思君之辞。（清陈廷焯《白雨斋词话》）

◆亦"忆君君不知"意。（清陈廷焯《词则·大雅
集》）

◆此首，上片写昼景，下片写夜景。起两句，写帘
外之静。次三句，写帘内之寂。深院莺语，绣屏香袅，其
境幽绝。换头，述相思之切。着末，言风雨断肠，更觉深
婉。（唐圭璋《唐宋词简释》）

应天长

别来半岁音书绝，一寸离肠千万结。
难相见，易相别，又是玉楼花似雪。

暗相思，无处说，惆怅夜来烟月。想
得此时情切，泪沾红袖黦。

◆"黬"，黑而有文也，字一作黤甄，于勿、于月二切。周处《风土记》："梅雨沾衣服，皆败黬。"此字文人罕用，惟《花间集》韦庄及毛熙震词中见之。韦庄《应天长》词云（略）。毛熙震《后庭花》词曰（略）。此二词皆工。（明杨慎《词品》）

◆以来一字而生一首之色。（明卓人月《古今词统》卷六徐士俊评）

◆《花间》字法，最着意设色，异纹细艳，非后人纂组所及。如"泪沾红袖黬"……山谷所谓蓄锦者，其殆是耶？（清王士禛《花草蒙拾》）

◆押韵须如此，信笔直书，方无痕迹。（清陈廷焯《云韶集》）

◆端己《归国遥》、《应天长》二三首皆代作闺怨。《应天长》两首殆即代其姬作，想象此姬为王建夺去后之心境。（吴世昌《词林新话》）

荷叶杯

绝代佳人难得，倾国。花下见无期。
一双愁黛远山眉，不忍更思惟。

闲掩翠屏金凤，残梦。罗幕画堂空。
碧天无路信难通，惆怅旧房栊。

◆韦庄，字端己，以才名寓蜀。王建割据，遂羁留之。庄有宠人，姿质艳丽，兼擅词翰。建闻之，托以教内人为辞，强夺去。庄追念悒怏，作《荷叶杯》、《小重

115

山》词，情意凄惋，人相传诵，盛行于时。姬后传闻之，遂不食而卒。（《历代诗馀》引《古今词话》）

◆"不忍更思惟"五字，凄然欲绝。姬独何心能勿肠断耶？（清陈廷焯《词则·别调集》）

◆韦相词二首，皆怀念宠姬之作。（华钟彦《花间集注》）

荷叶杯

记得那年花下，深夜，初识谢娘时。水堂西面画帘垂，携手暗相期。

惆怅晚莺残月，相别，从此隔音尘。如今俱是异乡人，相见更无因。

◎谢娘：唐宰相李德裕家谢秋娘为名歌妓。后因以"谢娘"泛指歌妓。

◆情景逼真，自与寻常艳语不同。（明汤显祖评《花间集》）

◆韦相清空善转。殆与温尉异曲同工。所赋《荷叶杯》，真能摅摽撇之忧，发踯躅之爱。（吴衡照《莲子居词语》）

◆《荷叶杯》二阕，语淡而悲，不堪多读。（清许昂霄《词综偶评》）

◆《古今词话》称韦庄为蜀王所羁，庄有爱姬，资质艳美，兼工词翰。蜀王闻之，托言教授宫人，强夺之去。庄追念悒怏，作《荷叶杯》诸词，情意凄怨。《荷叶杯》

116

之第一首言含怨入宫，次首回忆初见之时。《小重山》词则明言"一闭昭阳"，经年经岁，"红袂"、"黄昏"等句，设想其深宫之幽恨。《望远行》亦纪送别之时。四词中《荷叶杯》之前首及《小重山》，尤为凄恻。（俞陛云《唐五代两宋词选释》）

◆《浣花集》悼念亡姬之作甚多，《荷叶杯》、《小重山》当属同类。杨湜宋人纪宋事且多错忤，其言不足据为典要。即如此词第二首纯为追念所欢之词，亦不似《章台柳》也。（李冰若《花间集评注·栩庄漫记》）

◆"惆怅晓莺残月，相别"，足抵柳屯田"杨柳岸，晓风残月"一阕。（同上）

◆此词伤今怀昔，亦是纯用白描，自"记得"以下直至"相别"，皆回忆当年之事。当年之时间，当年之地点，当年之情景，皆叙得历历分明，如在昨日。"从此"三句，陡转相见无因之恨，沉着已极。（唐圭璋《词学论丛·唐宋两代蜀词》）

◆此首伤今怀昔。"记得"以下，直至"相别"，皆回忆当年初识时及相别时之情景。"从此"以下句，言别后之思念，语浅情深。（唐圭璋《唐宋词简释》）

◆此两首为一组，皆想念情人之作，但次序颠倒。"记得那年花下"，为第一首，忆旧之作。清真《少年游》即用此章法，惜后人多不知耳。"花下见无期"，为第二首，对比上首。"一双"以下为想象伊人念我之状，即"想君思我锦衾寒"之意。（吴世昌《词林新话》）

◆这两首词，《花间集》和以后的选本都把前后的次序倒转过来，就比较难以看出它们有所联系的迹象，照我们这样的排列（按，即一二首倒换），韦庄在这词里所怀念

117

的是一个什么等样的女人以及前后不同的情况就明显得多了。韦庄这词所指的是一个什么等样的人呢？是一个深夜在花下"携手暗相期"的女人，不用说，这是一种幽会的场合，并不是自己的"宠姬"，到了天色微明一别之后，就"俱是异乡人"了。把这个女人看成是韦庄的"宠姬"，这首先就是错误的。由于"花下见无期"，就愈觉得那人的容华绝代，倾城倾国，就愈感到那人临别时的眷恋深情（"一双愁黛远山眉"）和别后彼此难通消息的惆怅不堪，魂销肠断，这和"悼念亡姬"（直至现人夏承焘、华连圃、李冰若还是这样说）又有什么必然的联系？因此，说《荷叶杯》是韦庄为被王建夺去的宠姬而作或者是悼念亡姬之作，都是不能成立的。（詹安泰《詹安泰词学论稿》下编）

清平乐

　　春愁南陌，故国音书隔。细雨霏霏梨花白，燕拂画帘金额。

　　尽日相望王孙，尘满衣上泪痕。谁向桥边吹笛？驻马西望销魂。

◎金额：金饰的匾额。

◆下半阕笔极灵婉。（李冰若《花间集评注·栩庄漫记》）

◆此首亦在江南作，故云："故国音书隔"、"驻马西望销魂"。"故国"指长安或成都。"尽日"句犹云"王孙

尽日相望"，为韵脚故倒装，下句"尘满"亦指"王孙"之衣，即自己。（吴世昌《词林新话》）

清平乐

野花芳草，寂寞关山道。柳吐金丝莺语早，惆怅香闺暗老。

罗带悔结同心，独凭朱栏思深。梦觉半床斜月，小窗风触鸣琴。

◎千条垂柳拂金丝。（唐李绅《柳》）

◆坡老尝咏琴，已脱风幡之案。风触鸣琴，是风是琴，须更转一解。（明汤显祖评《花间集》）

◆前阕说远，后阕说近。又三四与飞卿"门外草萋萋"二语意正相仪。（清许昂霄《词综偶评》）

◆起笔冷，清绝孤绝。（清陈廷焯《云韶集》）

◆其首章云"故国音书隔"，又云"驻马西望销魂"，知此章亦思唐之意。其言悔结同心，倚阑深思者，身仕霸朝，欲退不可，徒费深思，追梦觉而风琴触绪，斜月在窗，写来悲楚欲绝。（俞陛云《唐五代两宋词选释》）

◆昔爱玉谿生"三更三点万家眠，露结为霜月堕烟。斗鼠上堂蝙蝠出，玉琴时动倚窗弦"一诗，以为清婉超绝。韦相此词以"惆怅香闺暗老"为骨，亦盛年自惜之意。而以"梦觉半床斜月，小窗风触鸣琴"为点醒，其声情绵邈，设色隽美，抑又过之。（李冰若《花间集评注·栩庄漫记》）

清平乐

何处游女？蜀国多云雨。云解有情花解语，窣地绣罗金缕。

妆成不整金钿，含羞待月秋千。住在绿槐阴里，门临春水桥边。

◎明皇秋八月，太液池有千叶白莲，数枝盛开。帝与贵戚宴赏焉，左右皆叹羡。久之，帝指贵妃，示于左右曰："争如我解语花。"（五代王仁裕《开元天宝遗事》）

◆末二句写景如画。（李冰若《花间集评注·栩庄漫记》）

清平乐

莺啼残月，绣阁香灯灭。门外马嘶郎欲别，正是落花时节。

妆成不画蛾眉，含愁独倚金扉。去路香尘莫扫，扫即郎去归迟。

◆情与时会，倍觉其惨。如此想头，几转《法华》。（明汤显祖评《花间集》）

【韦庄词集】

◆杜少陵"正是江南好风景，落花时节又逢君"，一逢一别，感慨共深。（明沈际飞《草堂诗馀别集》）

◆三、四句与飞卿"门外草萋萋"二语，意正相似。（清许昂霄《词综偶评》）

◆端己《清平乐》（野花芳草）以下诸首皆蜀中作。"何处游女"咏成都妓女。"莺啼残月"亦为妇女代作闺怨之类，末联"去路香尘莫扫，扫即郎去归迟"是嘱咐使女之语，写当时风俗迷信，痴语愈见真情。（吴世昌《词林新话》）

清平乐

绿杨春雨，金线飘千缕。花折香枝黄鹂语，玉勒雕鞍何处？

碧窗望断燕鸿，翠帘睡眼溟濛。宝瑟谁家弹罢？含悲斜倚屏风。

◎万条金线带春烟，深染青丝不直钱。（唐施肩吾《禁中新柳》）

◎控玉勒而摇星，跨金鞍而动月。（北周庾信《三月三日华林园马射赋》）

◎燕鸿：燕地的雁。泛指北雁。

清平乐

琐窗春暮，满地梨花雨。君不归来情

又去，红泪散沾金缕。

梦魂飞断烟波，伤心不奈春何。空把金针独坐，鸳鸯愁绣双窠。

望远行

欲别无言倚画屏，含恨暗伤情。谢家庭树锦鸡鸣，残月落边城。

人欲别，马频嘶，绿槐千里长堤。出门芳草路萋萋，云雨别来易东西。不忍别君后，却入旧香闺。

◎挥手自兹去，萧萧班马鸣。（唐李白《送友人》）

◎王孙游兮不归，春草生兮萋萋。（《楚辞·招隐士》）

◆《望远行》亦纪送别之时。（俞陞云《唐五代两宋词选释》）

◆端己《望远行》亦蜀中作。"残月落边城"，成都在当时为"边城"，故云。（吴世昌《词林新话》）

谒金门

春漏促，金烬暗挑残烛。一夜帘前风撼竹，梦魂相断续。

有个娇娆如玉，夜夜绣屏孤宿。闲抱
琵琶寻旧曲，远山眉黛绿。

◎曾是寂寥金烬暗。（唐李商隐《无题》）

◆（评"夜夜"句）惨！（明汤显祖评《花间集》）

◆情不知所起，一往而深。"闲抱琵琶寻旧曲"，直是
无聊之思。（明汤显祖评《花间集》）

◆末二句与"弹到断肠时，春山眉黛低"相类，而
《花间》、《草堂》，语致自异，心手不知。（明卓人月
《古今词统》卷五徐士俊评）

谒金门

空相忆，无计得传消息。天上嫦娥人
不识，寄书何处觅？

新睡觉来无力，不忍把伊书迹。满院
落花春寂寂，断肠芳草碧。

◆韦庄以才名寓蜀，王建割据，遂羁留。庄有宠
人，资质艳丽，兼善词翰。建闻之，托以教内人为词，强
庄夺去。庄追念悒怏，作《小重山》及《空相忆》云：
"空相忆，无计得传消息（略）。"情意凄怨，人相传播，
盛行于时。姬后传闻之，遂不食而卒。（宋杨湜《古今词
话》）

◆"天上"句粗恶。"把伊书迹"四字颇秀。"落花寂

123

寂"，淡语之有景者。（明沈际飞《草堂诗馀正集》）

◆《谒金门》云："新睡觉来无力，不忍把君书迹。"一意化两，并皆佳妙。（清况周颐《餐樱庑词话》）

◆忆故姬之作。（吴世昌《词林新话》）

◆案《诗集补遗》有《悼亡姬》一首，及《独吟》、《悔恨》、《虚席》、《旧居》四首，注："俱悼亡姬作。"诗云："若无少女花应老，为有姮娥月易沉。""湘江水阔苍梧远，何处相思弄舜琴。"与前词"天上嫦娥"及《忆帝乡》"说尽人间天上两心知"，《荷叶杯》"碧天无路信难通"诸句，语意相类。疑词亦悼亡姬作。杨湜所云，近于附会。以调名《忆帝乡》，词有"天上姮娥"句，云王建夺去；以"不忍把伊书迹"，云"兼善词翰"。湜宋人，其词话记东坡词事，尚有误者，此尤无征难信。《新五代史》六三《前蜀世家》称："（王）建虽起盗贼，而为人多智诈，善待士。"似不致有此。又《悔恨》一首悼亡姬云："才闻及第心先喜，试说求婚泪便流。"是悼亡在初及第时，亦非入蜀后事也。（夏承焘《唐宋词人年谱·韦端己年谱》）

◆其《悔恨》云："六七年来春又秋，也同欢乐也同愁。才闻及第心先喜，试说求婚泪便流。几为妒来频敛黛，每思闲事不梳头。如今悔恨将何益，肠断千休与万休。"此诗首联明言与姬共同生活已有六七年。颔联乃追述及第求婚事。颈联写婚后之情爱。尾联述悔恨之痛苦。夏承焘先生《韦端己年谱》记云："大顺二年，五十六岁……端己五十以后，六七年间，求仕求食，来往万里，至此仍失意归。""景福二年，五十八岁。入京应试，落第。昭宗乾宁元年，五十九岁第进士，为校书郎。"以此观之，韦庄求婚之事，不可能在为"求仕求食，来往万里"，漂泊失意之时，诗亦明言在"才闻及第心先喜"之后。韦庄六十二岁时奉使入蜀，六十六岁为西蜀掌书记，自此终身仕蜀。诗中所云共同生活已有六七年，正值此时也。诗为悼亡姬作，而题作《悔恨》，所悔恨者何？似有难言之隐。惟尾联"肠断千休与万休"句，说明悔恨之深，痛苦之极，已非一般。细读之，所悔恨者，似当在颔联中求之，求婚之事适才闻及第之后，而今每试说之则悔恨泪流矣！盖姬因婚而随庄入蜀，遂有王建强夺、不食而卒之事。故题虽为《悔恨》，然诗中又不能明言之矣。韦蔼编庄集在蜀，故讳而不录其悼亡姬诸诗。后始收入《集外补遗》中，此亦王建夺姬事之一证。（曾昭岷《温韦冯词新校》）

谒金门

春雨足，染就一溪新绿。柳外飞来双羽玉，弄晴相对浴。

楼外翠帘高轴，倚边栏干几曲。云淡水平烟树簇，寸心千里目。

◎弄晴：指禽鸟在初晴时鸣啭、戏耍。

◆"染就"句，丽。说得双羽有情。《鱼游春水》词"云山万重，寸心千里"亦自妙。此以上文布景，找一"目"字，意思完全，韵脚警策。（明沈际飞《草堂诗馀正集》）

125

◆倚遍阑干，无由消千里之恨。（明董其昌《新锲订正评注便读草堂诗馀》）

◆"染就"句，最艳丽。（明潘游龙《古今诗馀醉》）

◆卷帘倚阑，睹溪鸟双双对浴，因起闺人之想，心目之间，何能自堪。写情委婉。（明周珽《删补唐诗选脉笺释会通评林》）

◆端己以才名入蜀后，王建割据，遂被羁留，为蜀散骑常侍，判中书门下事。曰"弄晴对浴"，其自喻仕蜀乎？同"寸心千里"，又可以悲其志矣！（清黄苏《蓼园词选》）

◆此录其首章也。观其次首，有"天上嫦娥人不识"及"不忍把君书迹"句，则此首亦怀人之作。写春晴景物，倚阑凝望，而相忆之情自见。（俞陛云《唐五代两宋词选释》）

江城子

恩重娇多情易伤，漏更长，解鸳鸯。朱唇未动，先觉口脂香。缓揭绣衾抽皓腕，移凤枕，枕潘郎。

◆全篇摹画乐境而不觉其流连狼藉，言简而旨远矣。（明汤显祖评《花间集》）

江城子

鬓鬟狼藉黛眉长，出兰房，别檀郎。角声呜咽，星斗渐微茫。露冷月残人未起，留不住，泪千行。

◆韦相《江城子》二首，描写顽艳，情事如绘，其殆作于江南客游时乎？（李冰若《花间集评注·栩庄漫记》）

◆此二首亦为一连续记事之词。"檀郎"为二词关键，殆初在江南时恋爱之事。首句末三字应作"易情伤"。后首起句末三字作仄平平，可证。……后首首句出自杜甫《北征》诗："狼藉画眉阔。""人未起"，当作"人未去"，"未去"，故欲留他，若"未起"，则不想去矣，已被留住，何得"出兰房，别檀郎"？（吴世昌《词林新话》）

河 传

何处？烟雨。隋堤春暮，柳色葱茏。画桡金缕，翠旗高飐香风，水光融。

春娥殿脚春妆媚，轻云里，绰约司花妓。江都宫阙，清淮月映迷楼，古今愁。

◎隋堤：隋炀帝时沿通济渠、邗沟河岸修筑的御道，道旁植杨柳，后人谓之隋堤。

韦庄词集

◎至汴，（隋炀）帝御龙舟，萧妃乘凤舸，锦帆彩缆，穷极侈靡。舟前为舞台，台上垂蔽日帘，帘即蒲泽国所进，以负山蛟睫幼莲根丝贯小珠间睫编成，虽晓日激射，而光不能透。每舟择妙丽长白女子千人，执雕板缕金楫，号为殿脚女。（唐颜师古《大业拾遗记》）

◎迷楼凡役夫数万，经岁而成。楼阁高下，轩窗掩映，幽房曲室，玉栏朱楯，互相连属。帝大喜，顾左右曰："使真仙游其中，亦当自迷也。"故云。（唐冯贽《南部烟花记·迷楼》）

◆"清淮月映"句，感慨一时，涕泪千古。（明汤显祖评《花间集》）

◆苍凉。《浣花集》中，此词最有骨。（清陈廷焯《云韶集》）

◆全词以"何处"领起，中段词藻极其富丽，而以"古今愁"三字结之，化实为空，以盛映衰，笔极宕动空灵。（李冰若《花间集评注·栩庄漫记》）

河 传

春晚，风暖。锦城花满，狂杀游人。玉鞭金勒，寻胜驰骤轻尘，惜良辰。

翠娥争劝临邛酒，纤纤手，拂面垂丝柳。归时烟里，钟鼓正是黄昏，暗销魂。

◎相如与俱之临邛，尽卖车骑，买酒舍，乃令文君当垆。相如身自着犊鼻裈，与庸保杂作，涤器于市中。

（《汉书·司马相如传上》）

◆ "归时烟里"三句，尤极融景入情之妙。（李冰若《花间集评注》引清况周颐云）

河　传

锦浦，春女。绣衣金缕，雾薄云轻。花深柳暗，时节正是清明，雨初晴。

玉鞭魂断烟霞路，莺莺语，一望巫山雨。香尘隐映，遥见翠槛红楼，黛眉愁。

◎春女：怀春的女子。

◆端己《河传》三首，"何处"为扬州吊古之作。"春晚"及"锦浦"二首皆在蜀中作。此调前二首均有四韵，而"锦浦"一首只三韵，乃偶然如此，原应作四韵也。又"何处"上片之"堤"、"旗"，"春晚"之"城"、"胜"，似均为句中韵。（吴世昌《词林新话》）

怨王孙

锦里，蚕市。满街珠翠，千万红妆。玉蝉金雀，宝髻花簇鸣珰，绣衣长。

日斜归去人难见，青楼远，队队行云散。不知今夜，何处深锁兰房，隔仙乡。

［韦庄词集］

129

天仙子

怅望前回梦里期，看花不语苦寻思。
露桃宫里小腰肢。眉眼细，鬒云垂。唯有
多情宋玉知。

◆有此和法，便不觉其酒气，虽烂醉如泥，受用矣。
（明汤显祖评《花间集》）

◆此词写醉公子憨态如掬。与"门外猧儿吠"一词可
合看也。（李冰若《花间集评注·栩庄漫记》）

天仙子

深夜归来长酩酊，扶入流苏犹未醒。
醺醺酒气麝兰和。惊睡觉，笑呵呵。长道
人生能几何？

天仙子

蟾彩霜华夜不分，天外鸿声枕上闻。
绣衾香冷懒重熏。人寂寂，叶纷纷。才睡
依前梦见君。

◆端己词时露故君之思，读者当会意于言外。（清陈
廷焯《词则·别调集》）

◆月冷霜严，雁啼月落，写长夜见闻之凄寂。注重在结句醒而复睡，依旧梦之，可知其"长毋相忘"也。（俞陛云《唐五代两宋词选释》）

◆"依前"别作"依稀"，但不若作"依前"胜。盖着一"前"字，可知梦见非一次矣。（丁寿田等《唐五代四大名家词》乙篇）

◆清婉。（李冰若《花间集评注·栩庄漫记》）

天仙子

梦觉云屏依旧空，杜鹃声咽隔帘栊。玉郎薄幸去无踪。一日日，恨重重，泪界莲腮两线红。

◆词用"界"字始韦端己，《天仙子》词云："泪界莲腮两线红。"宋于京《蝶恋花》词效之云："泪落胭脂，界破蜂黄浅。"遂成名句。（清李调元《雨村词话》）

◆韦词运密入疏，寓浓于淡，如《天仙子》"蟾彩霜华"、"梦觉云屏"二首及《浣溪沙》、《谒金门》、《清平乐》诸词，非徒以丽句擅长也。（清况周颐《餐樱庑词话》）

天仙子

金似衣裳玉似身，眼如秋水鬓如云。

霞裙月帔一群群。来洞口，望烟分，刘阮
不归春日曛。

　　◆无此结句，确乎当删。（明汤显祖评《花间集》）
　　◆以上四章俱佳绝，卒章何率意乃尔。岂强弩之末，
江郎才尽耶？（同上）
　　◆太白词有"云想衣裳花想容"，已成绝唱，韦庄效
之，"金似衣裳玉似身"，尚堪入目。（清李调元《雨村词
话》）
　　◆此词盖借用刘阮事咏美人窝耳。"曛"字极佳，宋
祁"红杏枝头春意闹"之"闹"字，不能过也。（丁寿田等
《唐五代四大名家词》乙篇）
　　◆此首正合题目，唐五代词词意即用本题者多有之，
似非强弩之末也。（李冰若《花间集评注·栩庄漫记》）
　　◆《天仙子》"金似衣裳玉似身，眼如秋水鬓如
云"，皆提空写人，潇洒出尘之态，与飞卿所写矜贵雍容之
态，各不相同。（唐圭璋《词学论丛·温韦词之比较》）
　　◆端己《天仙子》（金似衣裳玉似身）咏女冠。（吴
世昌《词林新话》）

喜迁莺

　　人汹汹，鼓鼕鼕，襟袖五更风。大罗
天上月朦胧，骑马上虚空。
　　香满衣，云满路，鸾凤绕身飞舞。霓
旌绛节一群群，引见玉华君。

◎大罗天：道教所称三十六天中最高一重天。

◆按端己词二首，皆咏登科事。以喻出于幽谷，迁于乔木也。亦属就题发挥之作。（华钟彦《花间集注》）

◆《喜迁莺》（人汹汹）咏道醮。（吴世昌《词林新话》）

喜迁莺

街鼓动，禁城开，天上探人回。凤衔金榜出云来，平地一声雷。

莺已迁，龙已化，一夜满城车马。家家楼上簇神仙，争看鹤冲天。

◎旧制，京城内金吾晓暝传呼，以戒行者。马周献封章，始置街鼓，俗号冬冬，公私便焉。（唐刘肃《大唐新语·厘革》）

◎今谓进士登第为迁莺者久矣，盖自《毛诗·伐木篇》。（唐韦绚《刘宾客嘉话录》）

◎鹤冲天：飞鹤直上云天，比喻科举登第。

◆读《张道陵传》，每恨白日鬼话，便头痛欲睡，二词亦复类此。（明汤显祖评《花间集》）

◆《艺林伐山》云："世传大罗天，放榜于蕊珠宫。"韦相此词所咏，虽涉神仙，究指及第而言，未得以鬼话目之。（李冰若《花间集评注·栩庄漫记》）

◆《喜迁莺》"街鼓动"殆中进士后作喜词。（吴世昌《词林新话》）

◆昭宗乾宁元年甲寅（894），五十九岁。第进士，为校书郎。《直斋书录解题》十九《浣花集》："韦庄，唐乾宁元年进士也。"《唐才子传》："乾宁元年，苏俭榜进士，释褐校书郎。"案《集》八《南省伴直》注："甲寅年，自江南到京后作。"《集》九《与东吴生相遇》云："十年身事各如萍，白首相逢泪满缨。"注："及第后出关作。"《词集》《喜迁莺》二首咏及第，或本年作。（夏承焘《唐宋词人年谱·韦端己年谱》）

思帝乡

云髻坠，凤钗垂。髻坠钗垂无力，枕函欹。翡翠屏深月落，漏依依。说尽人间天上，两心知。

◆调倚《思帝乡》，当是思唐之作，而托为绮词。身既相蜀，焉能求谅于故君，结句言此心终不忘唐，犹李陵降胡，未能忘汉也。（俞陛云《唐五代两宋词选释》）

◆词中起法，不一而足。……写人则往往从容貌写起，唐五代人，多用此法。如飞卿云"蕊黄无限当山额，宿妆隐笑纱窗隔"，端己云"云髻坠，凤钗垂。髻坠钗垂无力"，李后主云"云一缑，玉一梭。淡淡衫儿薄薄罗。轻颦双黛螺"皆是。（唐圭璋《词学论丛·论词之作法》）

134

思帝乡

春日游，杏花吹满头。陌上谁家年
少，足风流。妾拟将身嫁与，一生休。纵
被无情弃，不能羞。

◆死心塌地。（明卓人月《古今词统》卷三徐士俊
评）

◆小词以含蓄为佳，亦有作决绝语而妙者。如韦庄
"谁家年少，足风流。妾拟将身嫁与，一生休。纵被无
情弃，不能羞"之类是也。牛峤"须作一生拼，尽君今日
欢"，抑亦其次。柳耆卿"衣带渐宽终不悔，为伊消得人憔
悴"，亦即韦意，而气加婉矣。（清贺裳《皱水轩词筌》）

◆词有写景入神者。……亦有言情得妙者，韦庄云：
"妾拟将身嫁与，一生休。纵被无情弃，不能羞。"牛峤
云："朝暮几般心，为他情漫真。"抑亦其次。（清沈雄
《古今词话·词品》）

◆爽隽如读北朝乐府"阿婆不嫁女，那得孙儿抱"诸
作。（李冰若《花间集评注·栩庄漫记》）

◆"休"，罢。这一辈子也就此算了。"无情"作名词
用，仿佛说"薄情"，指薄情的男子。（俞平伯《唐宋词选
释》）

◆写闺情，如《思帝乡》："春日游（略）。"此写少
女心思，缠绵妩媚。（唐圭璋《词学论丛·温韦词之比
较》）

◆这是文人词中描写爱情极为突出的一首，十分像
民歌。韦庄这首与我们前面讲过的敦煌曲子词《菩萨蛮》

"枕前发尽千般愿"一首，内容虽然不尽相同，但感情的热烈、真挚却没有两样。这样真率抒情，像元人散曲，很明显是受民间作品的影响。温庭筠写爱情的词，最明朗的像"偷眼暗相形，不如从嫁与，作鸳鸯"，他至多只能说到这样，与韦庄的作品比较起来，仍是婉约含蓄的。（夏承焘《唐宋词欣赏·不同风格的温韦词》）

诉衷情

烛烬香残帘半卷，梦初惊。花欲谢，深夜，月胧明。何处按歌声？轻轻。舞衣尘暗生，负春情。

◆音节极谐婉。（李冰若《花间集评注·栩庄漫记》）

诉衷情

碧沼红芳烟雨静，倚兰桡。垂玉佩，交带，袅纤腰。鸳梦隔星桥，迢迢。越罗香暗销，坠花翘。

◆韦庄《诉衷情》词云（略）。按此词在成都作也。蜀之妓女，至今有花翘之饰，名曰"翘花儿"云。（明杨慎《词品》）

◆此词在成都作，蜀之伎女至今有花翘之饰，名曰

"翘花儿"云。（明汤显祖评《花间集》）

◆ "鸳梦隔星桥"五字，有仙气，亦有鬼气。（清陈廷焯《云韶集》）

◆《诉衷情》可考证当时妆饰，又岂徒资考证为胜哉。（姜方锁《蜀词人评传》）

上行杯

芳草灞陵春岸，柳烟深、满楼弦管。一曲离声肠寸断。

今日送君千万，红缕玉盘金镂盏。须劝。珍重意，莫辞满。

◆殷勤悃款，令人情醉。（清陈廷焯《词则·闲情集》）

◆ "劝君更尽一杯酒，西出阳关无故人。"同此凄艳。（清陈廷焯《云韶集》）

◆玩其词意，今日送君而忆及当日灞陵饯别，殆在蜀中送友归国，回思奉使之日，灞桥折柳，何等伤怀，君今无恙还乡，勿辞饮满，愈见己之穷年羁泊为可悲也。（俞陛云《唐五代两宋词选释》）

◆代歌女作别词劝酒。（吴世昌《词林新话》）

上行杯

白马玉鞭金辔，少年郎、离别容易。

迢递去程千万里。

　　惆怅异乡云水，满酌一杯劝和泪。须愧。珍重意，莫辞醉。

女冠子

　　四月十七，正是去年今日。别君时，忍泪佯低面，含羞半敛眉。

　　不知魂已断，空有梦相随。除却天边月，没人知。

　　◆直书情绪，怨而不怒，《骚》、《雅》之遗也。但嫌与题义稍远，类今日之博士家言。（明汤显祖评《花间集》）

　　◆冲口而出，不假妆砌。（明卓人月《古今词统》卷四徐士俊评）

　　◆月知不知都妙。（明沈际飞《草堂诗馀别集》）

　　◆起得洒落。"忍泪"十字，真写得出。（清陈廷焯《云韶集》）

　　◆一往情深，不着力而自胜。（清陈廷焯《词则·闲情集》）

　　◆不知得妙，梦随乃知耳。若先知那得有梦？惟有月知，则常语矣。（王闿运《湘绮楼词选》）

　　◆以句法看，（"别君时"）当连上"四月十七"为一句；以韵脚论，仄韵换平韵，"时"与"眉"叶；就意思论，"时"字承上，"别君"启下离别光景；如这等地方，句读只可活看。单看上片，好像是一般的回忆，且确说某月某日，哪知却是梦景。径用"不知"点醒上文，句法挺秀。韦另有《女冠子》，情事相同，当是一题两作，那首结句说："觉来知是梦，不胜悲。"就太明白了。结句以"天边月"和上"四月十七"时光相应，以"没人知"的重叠来加强上文的"不知"，思路亦细。（俞平伯《唐宋词选释》）

◆第一首的上片写情人相别，下片写别后相思。第二首的上片是因相思而入梦，下片结句写梦醒。两首写一件事，这和敦煌曲子词的两首《凤归云》相似，都是"联章体"。（夏承焘《唐宋词欣赏·不同风格的温韦词》评《女冠子》二首）

◆第一首的开头明记日月毫无修饰，这是民间文学的朴素的风格，在文人词中是很少见的。整首词略有作意的只是末两句："除却天边月，没人知。"含意也是明白易懂的。（同上）

◆此首上片，记去年别时之苦况。一起直叙，点明时间。"忍泪"十字，写别时状态极真切。下片，写思极入梦，无人知情，亦凄婉。（唐圭璋《唐宋词简释》）

◆纯用白描，明晰如话，而自情深一往。此类抒情之词，求之于飞卿词中，不得而见也。（唐圭璋《词学论丛·温韦词之比较》）

◆端己词，直达而已。如"去年今日"，全是直抒胸臆，如出水芙蓉，了无雕饰。曰"纡"曰"郁"，都是厚诬作者，硬欺读者。（吴世昌《词林新话》）

女冠子

　　昨夜夜半，枕上分明梦见。语多时，依旧桃花面，频低柳叶眉。

　　半羞还半喜，欲去又依依。觉来知是梦，不胜悲。

　　◎隋文宫中梳九真髻红妆，谓之桃花面。（唐宇文士及《妆台记》）

　　◆韦相《女冠子》"四月十七"一首，描摹情景，使人怊怅。而"昨夜夜半"一首稍为不及，以结句意尽故也。若士谓与题意稍远，实为胶柱之见。唐词不尽本题意，何足为病。（李冰若《花间集评注·栩庄漫记》）

　　◆此二首乃追念其宠姬之词。前首是回忆临别时情事；后首则梦中相见之情事也。明言"四月十七"者，姬人被夺之日，不能忘也。"忍泪"、"含羞"，皆迫于强权，抑制情感之状。魂断、梦随，则情感萦系无己之语。次首乃从梦后忆梦中。"分明"二字，言记忆甚真也。"羞"与"喜"并在一句，"欲去"与"又依依"亦并在一句，遂使心中复杂矛盾之情均能表达，既喜又羞，既不敢留又不忍去，写来甚工细而出语却自然。此种手法，与温飞卿异曲同工。（刘永济《唐五代两宋词简析》）

　　◆第一首的上片写情人相别，下片写别后相思；第二首的上片写由相思而入梦，下片结句写梦醒后的悲苦。两首合起来只写一件事。前人论文有"密不容针"、"疏可走马"的说法，这正可用来分别评论温庭筠、韦庄两位词家的某些小令的不同风格。（夏承焘《唐宋词欣赏·论韦庄

词》）

　　◆《女冠子》两首，写梦中之情景，亦真切生动。词云（略）。前首记去年离别之情，后首记梦中相遇之情，皆刻画细微，如见其面，如闻其声。两结句重笔翻腾，畅发尽致，尤觉哀思洋溢，警动无比。蜀自李白以还，若韦氏者，可谓第一二大词人矣。（唐圭璋《词学论丛·唐宋两代蜀词》）

　　◆此首通篇记梦境，一气赶下。梦中言语、情态皆真切生动。着末一句翻腾，将梦境点明，凝重而沉痛。韦词结句多畅发尽致，与温词之多含蓄者不同。（唐圭璋《唐宋词简释》）

　　◆《女冠子》（二首）亦皆为忆故姬之作。（吴世昌《词林新话》）

　　◆妙语生成，丝毫不见雕琢的痕迹，而款款深情，自然流露出来……这二首应该是同时写的，前首由作别时的情态写到别后的难堪，"空有梦相随"；后者紧接着由"梦相随"的情态写到梦觉后的难堪，"不胜悲"！线索分明，结构严谨。前首的"忍泪"两句和后首的"半羞"两句，从形象的精细刻画中来展现出无比深切的爱情，尤其具有十分动人的感染力。（詹安泰《詹安泰词学论稿》下编）

　　◆按端己《女冠子》二首，皆为怀念宠姬而作。（华钟彦《花间集注》）

更漏子

钟鼓寒，楼阁暝，月照古铜金井。深

院闭，小庭空，落花香露红。

烟柳重，春雾薄。灯背小窗高阁。闲倚户，暗沾衣，待郎郎不归。

◆ "落花"五字，凄绝秀绝。结笔楚楚可怜。（清陈廷焯《云韶集》）

◆按唐五代词，《更漏子》调后阕起句均与二三句叶韵，惟此词则否，是为变格。（华钟彦《花间集注》）

酒泉子

月落星沉，楼上美人春睡。绿云倾，金枕腻，画屏深。

子规啼破相思梦，曙色东方才动。柳烟轻，花露重，思难任。

◆不做美的子规，故当夜半啼血。（明汤显祖评《花间集》）

木兰花

独上小楼春欲暮，愁望玉关芳草路。消息断，不逢人，却敛细眉归绣户。

坐看落花空叹息，罗袂湿斑红泪滴。

千山万水不曾行，魂梦欲教何处觅？

◆与"梦中不识路"、"打起黄莺儿"可并不朽。（明汤显祖评《花间集》）

◆此词意欲归唐，与《菩萨蛮》第四首同。结句言水复山重，梦魂难觅，与沈休文诗"梦中不识路，何以慰相思"，皆情至之语。（俞陛云《唐五代两宋词选释》）

◆"千山"、"魂梦"二语，荡气回肠，声哀情苦。（李冰若《花间集评注·栩庄漫记》）

小重山

一闭昭阳春又春。夜寒宫漏永、梦君恩。卧思陈事暗消魂。罗衣湿，红袂有啼痕。

歌吹隔重闉。绕庭芳草绿、倚长门。万般惆怅向谁论？凝情立，宫殿欲黄昏。

◎昭阳：汉昭阳殿。

◎孝武皇帝陈皇后，时得幸，颇妒，别在长门宫，愁闷悲思。闻蜀郡成都司马相如，天下工为文，奉黄金百斤，为相如、文君取酒，因于解悲愁之词。而相如为文以悟主上，陈皇后复得亲幸。（汉司马相如《长门赋》序）

◆韦庄以才名寓蜀，王建割据，遂羁留之。庄有宠人，资质艳丽，兼善词翰。建闻之，托以教内人为词，

韦庄词集

143

强庄夺去。庄追念悒怏，作《小重山》及《空相忆》云（略）。情意凄怨，人相传播，盛行于时。姬后传闻之，遂不食而卒。（宋杨湜《古今词话》）

◆韦庄《小重山》前段，今本"罗衣湿"下，遗"新揾旧啼痕"五字。（明杨慎《词品》）

◆"长门一步地，不肯暂回车。"此词可谓善于黼案。（明杨慎《评点草堂诗馀》）

◆（"红袂"句）向作"新揾旧啼痕"，语更超远。"宫殿欲黄昏"，何等凄绝！宫词中妙句也。（明汤显祖评《花间集》）

◆雨露难沾，自是恩不胜怨。（明茅暎《词的》）

◆"红袂有啼痕"与"罗衣湿"句复。秦词"新啼痕间旧啼痕"亦始诸此。（同上）

◆"夜寒宫漏永"，"卧思陈事暗销魂"之句，已见夜深矣。末云"宫殿欲黄昏"又见未晚，与前相反。（李廷机《新刻注释草堂诗馀评林》）

◆宫词有云："玉颜不及寒鸦色，犹带昭阳日影来。"所谓怨而不怒，最为得体者。（董其昌《新锓订正评注便读草堂诗馀》）

◆《小重山》词则明言"一闭昭阳"，经年经岁。"红袂"、"黄昏"等句，设想其深宫之幽恨。……尤为凄恻。（俞陛云《唐五代两宋词选释》）

◆此代姬人抒离情也。"春又春"，不止一年也。"梦君思"，梦昔日韦之恩情也。下即因梦而更细思前事，不禁痛苦湿衣袂也。"歌吹"句，言别殿正在作乐，而己则独倚长门，满腹忧愁，无人可语，但凝情而对黄昏耳。细观此词，表面乃写汉陈皇后退居长门故事，实则代其姬人

抒情，因恐犯王建之忌，故托言之也。其姬人能通文词，深知此意，故为之不食而死。（刘永济《唐五代两宋词简析》）

◆犹是唐人宫怨绝句，而杨湜乃附会穿凿，谓因建夺其宠姬而作矣。（李冰若《花间集评注·栩庄漫记》）

◆《应天长》两首殆即代其姬作，想象此姬为王建夺去后之心境。……《小重山》各首亦皆为忆故姬之作。（吴世昌《词林新话》）

◆这词是写宫人不得承君恩的哀怨情思，从吸取题材到具体表现都明显可以看出，和宠姬被夺或悼念亡姬毫无共通之点。"闭昭阳"、"倚长门"和"梦君恩"都是指宫人的情事，不可能宫殿属王建，而梦的对象却是韦庄，支离破碎地来加以曲解。（詹安泰《詹安泰词学论稿》下编）

定西番

挑尽金灯红烬，人灼灼，漏迟迟，未眠时。

斜倚银屏无语，闲愁上翠眉。闷煞梧桐残雨，滴相思。

◆韦端己《定西番》云："挑尽金灯红烬，人灼灼，漏迟迟，未眠时。"韦有《伤灼灼涛序》云："灼灼，蜀之丽人也。近闻贫且老，殂落于成都酒市中，因以四韵吊之：'尝闻灼灼丽于花，石髻盘时未破瓜。桃脸漫长横绿水，玉肌香腻透红纱。多情不住神仙界，薄命曾嫌富贵

145

家。流落锦江无处问，断魂飞作碧天霞。'"《定西蕃》所云"灼灼"，疑指其人盛时。其又一阕云："塞远久无音问，愁消镜里红。"是时玉容消息，即已不堪回首矣。（清况周颐《餐樱庑词话》）

◆佳处亦在结句，情景兼到，与飞卿《更漏子》词"空阶滴到明"句相似。（俞陛云《唐五代两宋词选释》）

定西番

芳草丛生缕结，花艳艳，雨濛濛，晓庭中。

塞远久无音问，愁销镜里红。紫燕黄鹂犹生，恨何穷！

玉楼春

日照玉楼花似锦，楼上醉和春色寝。
绿杨风送小莺声，残梦不成离玉枕。

堪爱晚来韶景甚，宝柱秦筝方再品。
青娥红脸笑来迎，又向海棠花下饮。

◆此词一作欧阳炯作。

◆把人惊觉，直而有致；残梦不成，婉而多风。（明
沈际飞《草堂诗馀别集》）

小重山

春到长门春草青，玉阶花露滴，月胧

明。东风吹断紫箫声。宫漏促，帘外啼晓莺。

愁极梦难成，红妆流宿泪，不胜情。手挼带绕阶行。思君切，罗幌暗尘生。

◆此词一作薛绍蕴作。

◆比古曲"老女不嫁，蹋地唤天"隐些，然亦急矣。三月无君则吊，士何异此。（明沈际飞《草堂诗馀别集》）

◆怨女弃才，千古同恨。（明茅暎《词的》）

◆不为诡奇，却是古雅。（明卓人月《古今词统》徐士俊评）

◆尚有古意。（清陈廷焯《词则·别调集》）

◆词无新意，笔却流折自如。（李冰若《花间集评注·栩庄漫记》）

小重山

秋到长门秋草黄，画梁双燕去，出宫墙。玉箫无复理霓裳。金蝉坠，鸾镜掩休汝。

忆昔在昭阳，舞衣红绶带，绣鸳鸯。至今犹惹御炉香。魂梦断，愁听漏更长。

◆此词一作薛绍蕴作。

◆两调之首句，非特相应，且音节入古。"裙带"句旧恨新愁，一时并赴，皆在绕花徐步之时。"尘生"句即"君王不到，草与阶平"之意。次首之下阕，忆昔年之荣宠，见今日之悲凉。"炉香"句恋罗袂之馀薰，惜檀槽之馀暖，怨而不怒，诗之教也。（俞陛云《唐五代两宋词选释》）

总　评

宋张炎《词源》　词之难于令曲，如诗之难于绝句，不过十数句，一句一字闲不得。末句最当留意，有有馀不尽之意始佳。当以唐《花间集》中韦庄、温飞卿为则。

清贺裳《皱水轩词筌》　少游能曼声以合律，写景极凄惋动人。然形容处，殊无刻肌入骨之言，去韦庄、欧阳炯诸家，尚隔一尘。

清周济《介存斋论词杂著》　词有高下之别，有轻重之别。飞卿下语镇纸，端己揭响入云，可谓极两者之能事。

又　端己词，清艳绝伦，初日芙蓉春月柳，使人想见风度。

清吴衡照《莲子居词话》 韦相清空善转，殆与温尉异曲同工。

清谭莹《论词绝句》 醉妆词作又何年，韦相才名两蜀先。征到《小重山》故事，遭逢霄壤《鹧鸪天》。

清刘熙载《艺概》 韦端己、冯正中诸家词，留连光景，惆怅自怜，盖亦易飘飏于风雨者。若第论其吐属之美，又何加焉!

清陈廷焯《白雨斋词话》 韦端己词，似直而纡，似达而郁，最为词中胜境。

又 词有表里俱佳，文质适中者……词中之上乘也。有质过于文者，韦端己、冯正中、张子野、苏东坡、贺方回、辛弃疾、张皋文是也。亦词中之上乘也。

又 宋词可以越五代，而不能越飞卿、端己者，彼已臻其极也。

清陈廷焯《云韶集》 李后主情词凄婉，独步一时。和成绩、韦端己、毛平珪三家，语极工丽，风骨稍逊。

又 端己词凄艳入骨髓，飞卿之流亚也。

清陈廷焯《词则·大雅集》 词至端己，语渐疏，情意却深厚，虽不及飞卿之沉郁，亦古今绝构也。

清顾宪融《词论》 韦词清艳绝伦，如初日芙蓉，晓风杨柳。……陈亦峰谓其似直而纡，似达而郁，洵然。世以温韦并称，然温浓而韦淡，各极其妙，固未可轩轾焉。

清况周颐《历代词人考略》　韦文靖词，与温方城齐名，熏香掬艳，眩目醉心。尤能运密入疏，寓浓于淡，《花间》群贤，殆鲜其匹。

清况周颐《蕙风词话》　五代词人丁运会，迁流至极，燕酣成风，藻丽相尚。其所为词，即能沉至，只在词中。艳而有骨，只是艳骨。……其铮铮佼佼者，如李重光之性灵，韦端己之风度，冯正中之堂庑，岂操觚之士能方其万一？

樊增祥《东溪草堂词选自叙》　五季之世，二李为工。后主思深理约，致兼风雅，匪唯一朝之隽，抑亦百世之宗。降而端己《浣花》之篇，正中《阳春》之录，因寄所托，归于忠爱，抑其亚也。

夏敬观《映庵词评》　其词品稍降于温，却非他辈所及。由诗入词，渐开后来诸派，此时代使然也。

又　端己善作质直语，飞卿如此者则罕。飞卿琢句如其诗，端己则渐成词家琢句之法。

王国维《人间词话》　"弦上黄莺语"，端己语也，其词品亦似之。

又　韦端己词，骨秀也。

又　温韦之精艳，所以不如正中者，意境有深浅也。

陈洵《海绡说词》　词兴于唐，李白肇基，温岐受命。五代缵绪，韦庄为首。温韦既立，正声于是乎在矣。

152

吴梅《词学通论》　五季时词以西蜀、南唐为最盛。而词之工拙，以韦庄为第一，冯延巳次之，最下为毛文锡。

又　夫五代之际，政令文物，殊无足观，惟兹长短之言，实为古今之冠，大抵意婉词直，首让韦庄。

又　陈亦峰论其词谓："似直而纡，似达而郁。"洵然。虽一变飞卿面目，而绮罗香泽之中，别具疏爽之致。世以温韦并论，当亦难于轩轾也。

胡适《词选》　他的词长于写情，技术朴素，多用白话，一扫温庭筠一派纤丽浮文的习气。在词史上他要算一个开山大师。

汪东《唐宋词选评语》　韦庄家世贵公子，衔命入蜀，遂被羁留。又宠姬为王建所夺。虽身历显要，心所难堪。今按其词，如《归国谣》、《菩萨蛮》，眷怀故国，情溢于辞。其馀若《诉衷情》、《女冠子》、《谒金门》、《应天长》则并是伤离之作，所谓"情意凄怨"，固不独《古今词话》所指之《荷叶杯》、《小重山》二词而已。

郑振铎《插图本中国文学史》　蜀中词当始于韦庄。……他的词也充分的表现出他的清蒨温馥、隽逸可喜的作风。……《花间》的一派，可以说是，虽由温庭筠始创，而实由韦庄而门庭始大的。

陆侃如、冯沅君《中国诗史》　韦词的一般风格，不外清俊二字。所谓"初日芙蓉春月柳"（周济对韦词的评语），"弦上黄莺语"（韦词的名句，王国维曾用以评韦词），也都是这个意思。所以能造成这种清俊的风格的原因，最重要的是他无论写人写物都崇尚浑成……这些句子都是"羌无故实"、"讵出经史"，脱口而出便自真切的胜语。这便是所谓浑成。

夏承焘《唐宋词欣赏·论韦庄词》 温庭筠和韦庄词并称"温韦"。他们在《花间集》里是两位突出的词家。《花间集》选录晚唐五代十八家词五百首，其内容大都描写上层阶级的冶游享乐生活和离情别绪，其语言多秾艳软媚。温、韦是花间派的代表作家，他俩的词可以说是大同小异：温词较密，韦词较疏；温词较隐，韦词较显。

又 就词这种文学在文人手中初期发展的形式和它后来的影响论，我们对韦庄的看法是：他在五代文人词的内容走向空虚堕落途径的时候，重新领它回到民间抒情词的道路上来；他使词逐渐脱离了音乐，而有独立的生命。这个倾向影响后来的李煜、苏轼、辛弃疾诸大家。当然，李煜、苏轼、辛弃疾在抒情词方面的成就，又各自不同：李煜是亡国之君，其词多家国之痛，乃用血泪写成者。苏、辛两家在词坛上开创了一个词派——豪放派，他们用词这个文学体裁来抒写自己的性情、学问、胸襟、抱负，他们对词坛的贡献和影响远非韦庄可比拟。但是，我们若认为李煜、苏、辛一派抒情词是唐宋词的主流，那么，在这个主流的源头上，韦庄是应该得到重视的一位作家。

刘大杰《中国文学发展史》　韦庄以情词闻名，但他所描写的背景，与那些专写歌姬妓女，专写肉感性欲者不同，在他的生活过程中，确有一种情爱的葛藤，因此出现于他作品的情感较之旁人所表现者，要较为高贵。同时在修辞与表现的技巧上，脱离温庭筠派的富贵秾艳，和张泌、牛希济式的轻薄。他用着清疏淡雅的字句、白描的笔法，再加以缠绵婉转的深情，使他在《花间集》中，卓然成为与温庭筠对立的一派。

唐圭璋《词学论丛·温韦词之比较》　及至五代之季，韦端己白描情感，秀逸绝伦，与飞卿一浓一淡，异趣同工。故世以温、韦并称。……端己词抒情为主，境系于情而写，故不着力于运词堆饰，而惟自将一丝一缕之深在内心，曲曲写出，其秀气空行处，自然沁人心脾，与飞卿词之令人沉醉者异矣。其写人、写境，又自与飞卿不同。……飞卿写人多刻画，端己则临空。飞卿写境多沉郁凄凉，端己则有兴会闲畅之作。飞卿写情，多不显露，言下有讽；端己则深入浅出，心曲毕吐。至二人用辞之区异，亦处处可见。飞卿显用力痕迹，如《杨柳枝》云"六宫眉黛惹香愁"、"袅枝啼露动芳音"，《女冠子》云"宿翠残红窈窕"，皆字字锤炼；端己则信手拈来，毫不着力，如《菩萨蛮》云"人人尽说江南好，游人只合江南老"、"洛阳城里春光好，洛阳才子他乡老"，其间无一字雕琢。周止庵《介存斋论词》曰："飞卿下语镇纸，端己揭响入云。"观此愈可信矣。

唐圭璋《词学论丛·论词之作法》 止庵论温、韦云："飞卿下语镇纸，端己揭响入云，可谓极两者之能事。"盖以温词为重，而以韦词为高也。重则潜渊，高则腾天，予之所谓亮，即高朗揭响之意也。亮者，哑之反，字句拖沓，音揭不起，斯为下乘。清音直揭，若鹤唳太空，斯为佳制。玉田谓作词要"字字敲打得响"，即词须亮也。而范石湖谓白石词"有敲金戛玉之声"，亦称白石词能亮也。词中所谓豪放、清空之说，俱不外一亮字。韦词之佳，在一亮字，白石词之佳，亦在一亮字。其他名家，亦无不具亮字之美。

龙榆生《词曲概论》上编 过去一般都把温、韦并称。但是韦庄经过乱离，饱尝了兵戈流转的苦痛，把粉泽都洗掉了。他的作品尽管局限在男女相思的小圈子内，却采用比较朴素的描写和接近口语化的语言。

吴世昌《词林新话》 近人有谓韦庄使词回到民间抒情道路，遂渐脱离音乐者，此说未必，民歌皆合乐。

姜方锬《蜀词人评传》 端己词深入浅出，蕴藉风流，当不愧《花间》之冠冕人物。谈词者多以温、韦并称，然亦有扬韦抑温，或扬温抑韦者，实则并驾齐驱，不相轩轾也。端己词，章章锦绣，字字珠玑，几无一阕不宜朝吟夕诵。

詹安泰《詹安泰词学论稿》下篇 后人评他（韦庄）的诗"体近雅正，惜出之太易，义乏闳深"（见《唐音癸签》卷八），正因为它近于"雅正"，所以比较真实，不涉浮滥之辞；正因为它主张平易，不求"闳深"，所以比较浅显，无艰涩隐晦之病。他把这种作风带到词里来，加上当时为适合词的需要的美学上的因素来写词，就形成了他的清俊的艺术风格。在表现技巧上，他较少用秾丽的修饰辞，较多用灵活的联系字，有时竟运用明白如话的语言，使读者容易接受，不难理解，玩索既久，真味愈出，自然受到深深的感染。这是他写词的一个很成功之处。

【总评】